tredition®

www.tredition.de

AF216831

Urs Aebersold

* 1944 in Oberburg / CH

1963 Abitur in Biel/Bienne (CH)

1964 Schauspielschule in Paris

und dort erster Kurzspielfilm "S"

Studium an der Universität Bern

Weitere Kurzspielfilme. "Promenade en Hiver",

"Umleitung", "Wir sterben vor"

1967-70 Studium an der HFF München

1974 Erster Kinospielfilm DIE FABRIKANTEN

als Co-Autor, Co-Produzent und Regisseur

Diverse Drehbücher für "Tatort"

1986-93 Spielfilmredaktion Bayerischer Rundfunk

Ab 1994 wieder freier Autor und Regisseur

Ab 2016 erste Buchveröffentlichungen:

VERZAUBERT / NOVEMBERSCHNEE /

DAS BLOCKHAUS - Drei Erzählungen

JULIA / AM ENDE EINES TAGES /

DUNKEL IST DIE NACHT - Drei Erzählungen

NUITS BLANCHES - Roman

DER BAUCH MEINER SCHWESTER

EIN PERFEKTES PAAR

DIESES JÄHE VERSTUMMEN

für Necla

Drei Erzählungen

Urs Aebersold

© 2016 Urs Aebersold

Cover-Foto: Pixabay

Verlag: tredition GmbH, Hamburg

ISBN

Paperback: 978-3-7439-8046-4

Hardcover: 978-3-7439-8047-1

e-Book: 978-3-7439-8048-8

Printed in Germany

DER BAUCH MEINER SCHWESTER

Linus goß den frisch aufgebrühten Kaffee in die Thermoskanne, schraubte sie sorgfältig zu und verstaute sie zusammen mit den zwei belegten Broten und einer Wasserflasche in seinen Rucksack, sorgsam darauf achtend, daß sein Buch und sein Notizblock, die er schon eingepackt hatte, nicht geknickt oder von auslaufenden Flüssigkeiten beschädigt werden konnten.

Linus zog seine Jacke an, schnallte sich den Rucksack um und warf an der Tür einen letzten Blick auf seine Wohnung. Es war ein winziges Ein-Zimmer-Apartment, das im trüben Schein der nackten Deckenbeleuchtung noch trister wirkte als bei Tag. Eine Matratze am Boden, ein schmaler, wackliger Kleiderschrank, ein Klapptisch mit einem alten iMac und einer Schreibtischlampe darauf und als einziger Luxus ein neuer, bequemer Bürosessel. In einer Nische eine schmale Küchenzeile, im fensterlosen Bad, vom engen Flur abgehend, kämpften die Dusche, das Waschbecken und die Toilette um jedes bißchen Platz.

Linus war sich sehr wohl der Ärmlichkeit seiner Behausung bewußt, dennoch lag auf seinem schmalen Gesicht ein gewisser Ausdruck von Befriedigung, als er die Tür hinter sich schloß, wie bei jemand, der zu einer gefährlichen Mission aufbricht und auf eine sichere, vertraute Rückzugsmöglichkeit zählen kann.

Kurz nach neun war alles wie immer in der U-Bahn. Die Menschen, die tagsüber gearbeitet hatten, waren längst zu Hause, und die Krakeeler, die später alles unsicher machen würden, saßen noch in ihren Kneipen und betranken sich. Die wenigen Fahrgäste, die jetzt unterwegs waren, wirkten irgendwie verloren, als gehörten sie nirgendwo dazu. Die meisten hockten mit abgeknickten Hälsen vorgebeugt auf ihren Sitzen, starrten reglos auf ihre Smartphones, gefangen im virtuellen Hamsterrad, und wenn ihre Finger nicht rastlos auf den Displays herum gewischt hätten, hätte man glauben können, ein böser Zauber habe sie in einen katatonischen Zustand versetzt. Nur ein paar Männer, die in den Gängen standen, die Hände tief in den Hosentaschen, schauten sich mürrisch im Waggon um, und ihr freudloser Blick blieb früher oder später unfehlbar an unerreichbaren, attraktiven Frauen hängen, die sie nicht im geringsten beachteten.

Linus mochte diese Zeit, er konnte in Ruhe alles beobachten und sich unbehelligt Notizen machen, es war wie ein kurzes Atemholen vor seinem anstrengenden Nachtdienst. Er glitt dahin und fiel beinahe selber in Trance - die einschmeichelnde Frauenstimme, die die Haltestellen ansagte, das ewig gleichförmige Geräusch der sich öffnenden und schließenden

Türen, das leichte Ruckeln und Schaukeln, wenn sich die Bahn in eine Kurve legte oder über eine Weiche fuhr...

Reglos ließ sich Linus von der Rolltreppe nach oben tragen, ohne selber einen Schritt zu gehen oder sich sonstwie ablenken zu lassen, im Vorgenuß auf den Anblick, der ihn erwartete, sobald sein Kopf die Oberfläche erreichte. Direkt in seinem Blickfeld tauchte nach und nach die majestätische Fassade des Hotels *Splendid* auf, dessen Leuchtschrift und raffinierte Außenbeleuchtung eine Anmutung von Morbidität und Ausschweifung heraufbeschwörten und frivole Erinnerungen an eine längst vergangene Epoche.

Der Platz, an dem das *Splendid* lag, gehörte in den dreißiger Jahren des letzten Jahrhunderts zum Zentrum der Stadt, doch seit nach dem Zweiten Weltkrieg außenherum so viel gebaut wurde und sich das Geschäftsleben immer mehr in die modernen Gebiete verlagerte, war es stiller geworden um den imposanten *Art-déco*-Bau, und ohne die U-Bahn, die in unmittelbarer Nähe hielt, hätte man das Hotel wohl längst abgerissen oder einem anderen Verwendungszweck zugeführt. Ein spleeniger Millionär, von dem nur Eingeweihte den Namen kannten, hatte sich diesen Vorteil zunutze gemacht und viel Geld in die alten Gemäuer investiert. Die Fassade und die Eingangshalle mit ihrer um eine mächtige Säule herumlaufenden Sitzgarnitur, wie in alten amerikanischen

Hotels, und die Wandmosaiken wurden aufwendig renoviert, die Haustechnik auf den letzten Stand gebracht und die Zimmer diskret mit W-Lan und teuren Fernsehern ausgestattet, doch in den Bädern standen Nachbildungen der alten Badewannen mit geschweiften Tierkopffüßen, und die aus glänzendem Messing gegossenen Armaturen und Türklinken waren von den Originalen kaum zu unterscheiden.

Linus betrat durch die Schwingtür das *Splendid* und wurde einmal mehr überwältigt von dem edlen, geschmackvollen Ambiente der Eingangshalle. Auch hier sorgten fein durchdachte, indirekte Lichteffekte dafür, daß man sich eher auf einer Bühne wähnte als im realen Leben. Links ging es in die verspiegelte, in matten, dunkelroten und goldenen Tönen gehaltene Bar, rechts befand sich die imposante Rezeption und hinten, an der zentralen Säule vorbei, schwangen sich zu beiden Seiten zwei ausladende Treppen aus Marmor in die oberen Etagen.

Linus nahm den Rucksack von der Schulter, steuerte auf die Rezeption zu und wurde von Johanna mit einem freundlichen Lächeln begrüßt. Sie war blond, üppig, Mitte vierzig, verlor nie die Nerven und war mit ihrem heiteren Wesen wie geschaffen als Empfangsdame für dieses Hotel. Wie ein sanfter Zerberus herrschte sie über die Eingangshalle und über die jungen Burschen in Fantasieuniformen im Hintergrund, die in strammer Haltung auf ein diskretes Zeichen von ihr warteten, um den Gästen zu Diensten zu sein.

"Immer pünktlich, immer gut gelaunt... man könnte meinen, du liebst diesen Beruf..."

"Es ist dein Anblick, der das bewirkt... außerdem – eine so attraktive Frau läßt man nicht warten..."

Linus stellte seinen Rucksack ab, stützte sich mit den Ellenbogen auf den Empfangstresen und versuchte, einen Blick auf den Computer zu erhaschen.

"Irgendwelche Vorkommnisse? Kein Skandal? Kein Gast, der seine Rechnung nicht bezahlte?"

Johanna schüttelte ihre blonden Locken.

"Leider nein, dies ist ein stinkfeines Hotel..."

"Zumindest tagsüber..."

Linus nahm seinen Rucksack wieder auf und ging auf eine Tür hinter dem Empfangstresen zu.

"Ich werfe mich jetzt in Schale, Punkt zehn löse ich dich ab... okay?"

"Ich kann's kaum erwarten..."

Mit seinem schwarzen Samtanzug, dem weißen Hemd, der aus einem dünnen schwarzen Samtband geknüpften Fliege und den mit viel Gel zurückgekämmten Haaren sah Linus aus wie einer längst vergangenen Zeit entsprungen. Diese Verkleidung gefiel ihm außerordentlich, ebenso wie die damit verbundene Vorstellung, ein Schauspieler zu sein, der einen Nachtportier nur spielte, und nicht ein angehender Schriftsteller, der sich mit diesem Job seinen Lebensunterhalt verdiente.

Die Nachtschicht von zehn bis morgens um sechs war bedeutend geruhsamer, aber auch spannender als die beiden Tagesschichten, während denen die meisten Gäste ein- oder auscheckten und auch sonst ein reges Kommen und Gehen von Lieferanten und Handwerkern herrschte. Linus fragte sich, wie das üppig vorhandene Personal und ein rund um die Uhr besetzter Empfang bei einer nur durchschnittlichen Auslastung des Hotels bezahlt werden konnten, aber das schien ein weiteres Geheimnis des geheimnisvollen Eigentümers zu sein.

Was die Nachtzeit besonders machte und Linus dazu bewogen hatte, sich zu bewerben, waren die kleinen und großen Vorkommnisse rund um die Gäste, die kleinen und großen Dramen, die man vor dem Personal zu verheimlichen versuchte, Zusammenbrüche, Sexorgien, offene Gewalttätigkeiten, Hilferufe. Für all diese Ereignisse galt es ein Gefühl zu entwickeln, was angemessen war, in Sekundenschnelle zu analysieren und Lösungen zu finden, die weder die Gäste verschreckten noch das Image des Hotels beschädigten. Mithilfe von eigens ausgewählten Studentinnen und Studenten, die ihm die ganze Nacht zur Verfügung standen, war es Linus gelungen, eine Balance zu finden, mit der alle zufrieden waren und die dem Hotel zu seinem Ruf von Seriosität, aber auch von großzügiger Kulanz in menschlich-allzumenschlichen Dingen verhalf. Vor allem, daß er es geschafft hatte, den Versuch von ein paar grell geschminkten Straßenamseln, ihr Jagdrevier in die Bar auszudehnen, mithilfe seiner jungen Helfer nachhaltig zu unterbinden, hatte ihm viel Anerkennung eingebracht.

Diskret schob Linus das Buch, das er dabei war zu lesen, <*Reise ans Ende der Nacht*> von *Louis-Ferdinand Céline*, und den Schreibblock mit seinem Füllfederhalter in Griffnähe, aber so, daß Gäste, die vor der Rezeption standen, beides nicht sehen konnten, und ließ unauffällig seine Blicke schweifen.

Direkt gegenüber, am Eingang zur Bar, herrschte noch reges Kommen und Gehen. Allen Gästen, die sich dort trafen, war gemeinsam, daß ihnen der Sinn nach einem stillen, stimmungsvollen Ort stand. Entsprechend leise war der Geräuschpegel, und nur, wenn man genau hinhörte, vernahm man die gedämpfte, eigens im Stil der 20er- und 30er-Jahre nachbereitete Unterhaltungsmusik.

Die Bar schloß um zwei, und die vier Stunden danach waren für Linus am schwersten zu ertragen. Die plötzliche Stille und die darauf folgende Anspannung, was wohl alles an Unerwartetem geschehen würde, versetzten ihn zusammen mit der zunehmenden Müdigkeit in eine Art Trance, daß er kaum mehr unterscheiden konnte, ob er wachte oder schlief. Längere Passagen aus seinem Buch traute er sich nicht zu lesen, da er wußte, wie schnell und vollständig er sich gefangennehmen ließ, und die Einfälle zu seinen Geschichten hatte er sich angewöhnt, nur in Stichworten zu notieren.

Linus warf einen letzten Blick in die Bar, zog unauffällig seinen Schreibblock zu sich heran und schraubte die Kappe von der Füllfeder ab. Ihm war eine Idee zu seiner Vater-Sohn-Geschichte gekommen, an der er gerade schrieb, er klappte das Deckblatt des Notizheftes um und sah erstaunt auf seine letzten Eintragungen. *'Da ist eine junge, schwarzhaarige Frau, die öfter ins Hotel kommt, sich unsicher umschaut und dann gleich wieder verschwindet.'...'Die junge, schwarzhaarige Frau von neulich hat eben wieder das Hotel betreten, sie sieht irgendwie gehetzt aus, wen sie wohl sucht?'...* *'Die schwarzhaarige Frau, ich nenne sie jetzt Wanda, ist eben in die Bar gegangen und mit einem älteren Mann wieder heraus gekommen, sie verlassen das Hotel...'* Dazwischen war nur die knappe Schilderung eines Vorfalls, die schrille Auseinandersetzung zwischen zwei Frauen an der Drehtür irgendwann morgens um halb drei, die er persönlich geschlichtet hatte, und ein Vermerk zum letzten Abschnitt einer Erzählung, die er noch korrigieren wollte. Er hatte ganz vergessen, wie oft er schon über diese junge Frau mit den langen, dichten, schwarzen Haaren, dem blassen, feingeschnittenen Gesicht und den verschatteten, dunklen Augen geschrieben hatte, die ihre auffällig wohlgeformten, weißen Hände immer so nervös wie aufgescheuchte Tauben aus den Jackenärmeln herausflattern ließ. Und jetzt, da er seine Notizen wieder las, versetzte ihm die Erinnerung an sie einen kleinen Stich, fast so, als ob er ihr untreu geworden wäre, dabei hatte er noch nicht einmal mit ihr gesprochen.

Ein älteres, sehr konservativ gekleidetes Ehepaar näherte sich der Rezeption, und Linus schob rasch seinen Schreibblock außer Sichtweite. Der Mann stützte sich mit seinem Ellbogen auf den Tresen.

"Den Zimmerschlüssel, bitte..."

Linus musterte rasch das Ehepaar, das mehrmals im Jahr im Splendid übernachtete und immer dasselbe Zimmer bezog.

"Nummer 317? Sofort..."

Linus stand auf, griff geübt nach dem richtigen Schlüssel und überreichte ihn dem Mann.

"Bitte sehr..."

Der Mann nahm ihn entgegen, ohne sich zu bedanken, und faßte seine Frau herrisch am Arm. Linus sah dem Ehepaar nach, das steif und gravitätisch zum Aufzug schritt. Das mit den Zimmerschlüsseln war auch so eine Sache, mit ihren feinziselierten, altmodischen Verzahnungen waren sie ebenfalls den Originalen nachgebildet, doch wer glaubte, die Türschlösser mit einem Duplikat oder einem einfachen Draht öffnen zu können, sah sich bald eines besseren belehrt. In den Kunststoffschildchen mit den Zimmernummern, die an den Schlüsseln hingen, war ein Chip eingebaut, der die eigentliche Verriegelung kontrollierte. Der Schlüssel löste nur für dieses eine Schloß den Impuls für die Entriegelung aus, man konnte ihn nicht einmal umdrehen.

Die Aufzugstüren schlossen sich hinter dem Ehepaar, und als sich Linus wieder zum Eingang umdrehte, stand plötzlich die junge Frau in der Halle, die er Wanda nannte. Wie üblich schaute sie wild um sich, warf einen mißtrauischen Blick auf Linus, ging rechts um die riesige Säule herum und stieg hastig die Treppen zu den Zimmern hoch.

Mit einemmal war Linus hellwach. Wie viele attraktiv zurechtgemachte junge Frauen in eindeutiger Absicht hatten sich vor seinen Augen schon nach oben geschlichen, wogegen er nichts unternahm, solange es in den Zimmern, in denen sie verschwanden, ruhig blieb, doch von ihnen allen war ihm nur Wanda im Gedächtnis haftengeblieben, und er fragte sich jetzt – war es Besorgnis oder bereits Eifersucht? - was sie da oben wohl treiben mochte.

Linus wollte schon nach seinem Buch greifen, als Wanda wieder die Treppe herunter kam. Viel Zeit war nicht vergangen, seit sie das Hotel betreten hatte, und sie wirkte so, als ob etwas schiefgelaufen sei. Zaudernd setzte sie Fuß vor Fuß, bis sie in der Halle angekommen war, und ließ sich unschlüssig auf der Sitzgarnitur nieder, die um die ganze Säule herumreichte. Sie zog ihr Mobiltelefon hervor, wählte, und als sich offenkundig niemand meldete, wühlte sie in ihrer Jackentasche, holte einen kleinen Schreibblock und einen Kugelschreiber hervor und kritzelte eine kurze Nachricht. Auch jetzt fielen Linus wieder ihre schlanken Hände auf, die ein Eigenleben zu führen schienen, so flink und präzise bewegten sie sich. Wanda faltete den Zettel zusammen, sah sich rasch um, und ihr unsicherer Blick blieb auf Linus haften. Sie gab sich einen Ruck, stand rasch auf und kam zu ihm an den Empfang. Linus sah ihr ausdruckslos entgegen, doch es fiel ihm schwer, die Ruhe zu bewahren, und er war überrascht, daß ihre großen dunklen Augen nicht schwarz oder braun waren, sondern von einem tiefen Dunkelblau.

"Könnten Sie diese Nachricht ins Schlüsselfach legen?"

"Selbstverständlich... welche Zimmernummer, bitte?"

Wanda zögerte, und Linus sah ihr an, daß sie ungern die Zimmernummer verriet und nach einer Möglichkeit suchte, die Botschaft trotzdem zu übermitteln, doch ihr fiel offensichtlich nichts ein, und so flüsterte sie beinahe.

"Zimmer 405..."

"Gerne, ich stecke Ihnen die Nachricht in einen Umschlag, wenn Sie wollen..."

Wanda bedachte Linus mit einem strahlenden Blick.

"Oh ja, das wäre sehr nett von Ihnen..."

Linus griff nach einen Umschlag mit Hotel-Briefkopf, legte den Zettel hinein und verklebte ihn sorgfältig. Wanda sah ihm die ganze Zeit atemlos zu und lächelte erleichtert, als er den Brief lässig ins Schlüsselfach spedierte. So abgebrüht war sie offenbar noch nicht, sonst hätte sie sich nicht geschämt, wegen eines offensichtlich geplatzten Sex-Dates, womit sie sich unzweifelhaft als Professionelle zu erkennen gab, eine Nachricht zu hinterlassen.

"Oh, vielen Dank..."

"Dafür bin ich ja da..."

Wanda musterte Linus unverhohlen, auch das ein Zeichen, daß sie kein kaltblütiger Profi zu sein schien, und Linus mußte sich nicht anstrengen, ihr ein warmes Lächeln zu schenken, das ihm als Portier eigentlich nicht gestattet war. Wanda faßte nach ihrer Tasche, die sie auf dem Tresen abgestellt hatte, und Linus beugte sich rasch vor.

"Beehren Sie uns bald wieder..."

Wanda, schon im Gehen, drehte sich überrascht zu ihm um, ihrem erschrockenen Gesicht war abzulesen, daß sie nicht sicher war, ob Linus, der sie eben noch so zuvorkommend behandelt hatte, sie mit seiner Bemerkung am Ende nicht doch auf subtile Weise verächtlich machte.

"Wie meinen Sie das?"

"Ich meine es ernst... und persönlich..."

Der erschrockene Ausdruck verschwand aus Wandas Gesicht, sie hielt einen Augenblick inne, sah Linus nachdenklich an, dann wandte sie sich hastig um und floh fast aus dem Hotel.

In dieser Nacht geschah nicht mehr allzu viel. Um halb drei schob sich ein offensichtlich betrunkener Mann mit einer klaffenden Stirnwunde durch die Drehtür und torkelte orientierungslos durch die Eingangshalle. Linus schickte sofort sein Einsatzteam los, das den Mann in den Umkleideraum hinter dem Empfang bugsierte, und verständigte die Polizei. Der Mann behauptete, überfallen worden zu sein, zumindest fehlte ihm die Brieftasche, aber bei seinem Zustand und der Art seiner Verletzung konnte er genauso gut gegen einen Laternenpfahl geprallt sein und seine Brieftasche auf seiner Sauftour in irgend einer Kneipe verloren haben. Die Polizei nahm ihn mit, um seine Identität zu überprüfen, seine Aussage aufzunehmen, die Wunde genauer untersuchen zu lassen und sicherzugehen, daß ihm nicht weiteres Ungemach widerfuhr.

Danach versuchte Linus in seinem Buch zu lesen, doch seine Gedanken schweiften immer wieder zu Wanda ab. Nach dem ersten, persönlichen Kontakt war seine zunächst bloß berufsmäßige Neugier an ihr unwillkürlich in ein sehr viel persönlicheres Interesse hinübergeglitten. Ihn rührte ihre scheue, nervöse, beinahe ungeschickte Art, und er fragte sich, was sie dazu trieb, sich zu verkaufen, denn ihre großen, dunklen Augen und ihre klare, weiße Stirn zeugten von einer Tiefe ihres Wesens, das sie von den üblichen Professionellen, die im *Splendid* ein- und ausgingen, grundlegend unterschied. Linus überlegte sich verschiedene Strategien, sie anzusprechen, ohne sie zu verschrecken, doch er kam zu keinem endgültigen Ergebnis. Als er um sechs Uhr morgens an seinen Kollegen übergab und aus der Stille des Hotels durch die Drehtür ins Freie trat, übernächtigt und vom Kaffee künstlich wachgehalten, überwältigte ihn wie üblich ein Gefühl der Irrealität angesichts der

Welt da draußen mit ihrem Gewühl scheinbar planlos durcheinander rennender Menschen und dem lärmenden, chaotischen Verkehr, doch allmählich, auf dem Weg zur U-Bahn, schob sich wieder das Bild von Wanda vor seine Augen, wie sie mit wehenden Haaren und wild um sich blickend mitten in der Nacht plötzlich in der Eingangshalle stand.

Als Linus nach Hause kam, war er außerstande zu seinem üblichen Prozedere, sein Gesicht zu waschen und sofort ins Bett zu gehen. Eine sinnlose, unkontrollierbare Wut übermannte ihn, die jäh überging in eine unbestimmte Sehnsucht und tausend diffuse Ängste. Er fürchtete, wieder einmal, wie schon so oft, in ein tiefes Loch zu fallen. Er schaltete seinen Computer ein, ging auf seine Favoriten-Seite, drückte den Button von AC/DCs "Hells Bells"-Live-Auftritt in Australien und setzte die Kopfhörer auf. Das pathetische Schauspiel des Leadsängers, der unter einer Riesenglocke als lebender Klöppel nach unten schwebte und mit seinem gedrungenen Körper und seiner Schiebermütze wie ein sizilianischer Schafhirte aussah, den seine Familie ins Ausland verbannt hatte, weil sein schrilles Geschrei nicht ihrer Vorstellung von traditionellem Gesang entsprach, und der es jetzt allen zeigte, dazu der ekstatisch aufspielende Lead-Gitarrist in kurzer Hose mit nacktem, schweißüberströmtem Oberkörper, all das trieb Linus in eine düstere Verbitterung: Warum konnte er sich nicht auch wie die Band auf die Bühne stellen und alles herausschreien, was er empfand, warum mußte er immer mühsam alles in Worte fassen? Linus schrubbte lange und übertrieben gründlich seine Zähne, zog sich aus, verkroch sich wie immer in Embryostellung in sein Bett und hoffte, daß er einschlafen konnte.

Die nächsten Tage und Nächte verliefen ereignislos, vergeblich wartete Linus auf einen neuerlichen Auftritt von Wanda. Er mußte sich zwingen, die Korrekturfahnen gegenzulesen, die der Lektor eines kleinen Verlags ihm zugeschickt hatte, damit sein schmaler Band mit Erzählungen noch vor Weihnachten erscheinen konnte. Wenigstens blieb ihm das Stimmungstief erspart, vor dem er sich gefürchtet hatte. Es war wohl die vage Hoffnung, Wanda wiederzusehen, die ihn davor bewahrte.

Eine Woche später war es endlich soweit. An einem Mittwoch kurz nach Mitternacht schob sich Wanda zaghaft durch die Drehtür und eilte ohne einen Blick zur Rezeption zu den Treppen nach oben, als Linus sie mit einem leisen "Hallo!" aufhielt und ihr über die Theke mit einen Briefumschlag zuwinkte. Wanda zögerte und kam mißtrauisch auf ihn zu, in ihren Augen stand deutlich die Furcht, daß sie an ihrem Rendez-vous gehindert werden könnte. Linus lächelte ihr zu, um ihr zu signalisieren, daß ihr keine Gefahr drohte, und begann zu sprechen, bevor sie am Pult angekommen war.

"Keine Sorge, diese Nachricht ist von mir persönlich. Ich glaube, wir sind beide nicht die, für die man uns hält..."

Linus erhob sich halb von seinem Sessel und drückte Wanda den Briefumschlag in die Hand. Wanda starrte Linus wortlos an, stopfte den Umschlag in ihre Handtasche und verschwand hastig nach oben. Er hatte ihr nach langen Überlegungen sinngemäß geschrieben, daß er sie unbedingt kennenlernen möchte, aber nicht aus den Gründen, weswegen sie hierher komme, außerdem sei Nachtportier für ihn auch nur ein vorübergehender Job, er wolle Schriftsteller werden.

Linus fiel es schwer, sich auf seine Arbeit zu konzentrieren, und ausgerechnet in dieser Nacht kam es zu unerfreulichen Szenen: Eine Rechnung, auf der offensichtlich die falsche Minibar abgerechnet war, ein betrunkener Gast, der einen Musiksender unerträglich laut stellte, ein Paar, das mit ungültigen Kreditkarten einchecken wollte.

Gegen halb Drei kam Wanda wieder herunter, sie wirkte erschöpft und deprimiert, als hätte sie einiges durchgemacht. Sie schlich mit hängendem Kopf an der Rezeption vorbei, ohne Linus anzusehen, aber nahe genug, um ihm etwas zuflüstern zu können.

"Ich werde Ihnen schreiben...."

Linus sah ihr nach, wie sie durch die Drehtür verschwand, und wäre am liebsten durch die Eingangshalle getanzt. Hatte sie das wirklich gesagt, "Ich werde Ihnen schreiben", oder hatte er sich das nur eingebildet? Aber warum wäre sie sonst so nahe an ihm vorbei gegangen? Ihm blieb nichts anderes übrig, als bis zum Schichtende auszuhalten und zu Hause auf eine Nachricht von ihr zu warten.

Zu Hause schaltete Linus sofort seinen Computer ein und sah, daß sich Wanda gemeldet hatte. Nur, daß sie nicht Wanda hieß, sondern Lea. Sie schrieb, daß es ihr schwerfalle, mit ihm Kontakt aufzunehmen, nach dem, was er über sie wisse. Sie würde sich aber trotzdem freuen, sich mit ihm zu treffen, vielleicht gerade auch deshalb, weil sie sich nicht mehr verstellen müsse, sie kenne nicht viele Menschen, mit denen sie reden könne. Linus antwortete umgehend, sie möge doch einen Treffpunkt vorschlagen, so ab zwei Uhr nachmittags sei er wieder ansprechbar, dann fiel er seit langem wieder in einen erholsamen Schlaf.

Das Café, das Lea vorgeschlagen hatte, war mit einigen ironischen Akzenten - wie übertrieben nierenförmigen Tischchen und babyfarbenen Lampenschirmen - sehr eigenwillig im plüschigen Stil der 50er-Jahre eingerichtet und erzeugte eine heitere, unbeschwerte Atmosphäre. Lea trug einen langen, schwarzen Faltenrock und ein enges schwarzes Top, was sie schmal und zerbrechlich aussehen ließ und stärker noch als sonst ihr blasses, feines Gesicht und ihre beweglichen Hände zur Geltung brachte.

Linus kam sich plump vor, als er sich zu ihr an den Tisch setzte. Er bestellte einen Cappuccino, und sein Blick senkte sich wie von selbst in ihre dunkelblauen, verschatteten Augen, bevor ihm einfiel, wie unhöflich er auf sie wirken mußte, da er sie noch gar nicht begrüßt hatte. Lea schien das nicht zu stören, sie nippte an ihrem Tee, lächelte Linus an und wirkte sehr entspannt.

"Mein Zerberus... Sie ahnen ja gar nicht, wie sehr ich Sie immer gefürchtet habe..."

"Grundlos... als Nachtportier bin ich doch kein Sittenwächter..."

"Aber Sie wissen, was ich dort treibe..."

Linus rührte in seinem Cappuccino, der ihm eben gebracht wurde, und dachte über seine Antwort nach.

"Immer, wenn Sie kamen, fiel mir auf, wie verunsichert, wie schreckhaft Sie waren, nicht wie die Professionellen, die sonst dort verkehren... und Ihre Hände flatterten umher wie verirrte kleine Vögel..."

Lea schob ihre Teetasse beiseite, beugte sich vor und stützte ihre Ellenbogen auf den Tisch.

"Sie haben gesagt, daß wir beide nicht das sind, wofür man uns hält..."

"Das stimmt..."

"...und wofür halten Sie mich?"

Linus zuckte mit den Schultern.

"Ich kann mir vorstellen, daß Sie irgendetwas mit

Ihren Händen machen..."

Lea vollführte mit beiden Händen eine Bewegung, die so aussah, als würde sich ein Fächer schließen, dann blickte sie Linus lange forschend in die Augen.

"Nicht schlecht für einen Schriftsteller, der als Nachtportier jobbt... und weiter"?

"Sagen Sie's mir..."

Lea lehnte sich zurück und sah rasch um sich, als fürchtete sie, verfolgt zu werden.

"Hören Sie, was halten Sie von einem Tapetenwechsel? Ich bin nicht der Typ, der gerne in Cafés 'rumsitzt..."

Während sich bei Linus, mit geschlossenen Augen und offenem Mund auf dem Rücken liegend, die aufgestaute Spannung mit einem wilden Aufschrei ekstatisch entlud, warf Lea den Kopf in den Nacken und gab ein tiefes, langanhaltendes Stöhnen von sich, als werde sie exorziert, dann fiel ihr Kopf nach vorne, Gesicht und Oberkörper verschwanden in ihren langen dichten Haaren, nur ihre kleinen, festen Brüste mit den kindlichen rosa Nippeln ragten daraus hervor. Mit ihren Händen stützte sie sich kurz auf Linus' Brust ab, ließ sich auf die Seite fallen und streckte sich erschöpft neben ihm aus.

Im Café hatte Linus auf Leas Wunsch nach einem Tapetenwechsel ohne Hintergedanken seine Wohnung vorgeschlagen, und kaum waren sie dort angekommen, hatte sich Lea auf ihn gestürzt, an seinen Klamotten gezerrt und sich selbst in Windeseile nackt ausgezogen. Was dann folgte, hatte er so noch nie erlebt, einen Sturm der Leidenschaftlichkeit ohne jede Hemmung oder falsche Rücksichtnahme. Was Lea wollte, wollte er auch, und wenn er glaubte, er gehe zu weit, stachelte sie ihn an, bis an seine Grenzen und darüber hinaus. Dabei hatte er nie das Gefühl, daß es um Sex ging oder bloßes Begehren, es war mehr wie eine Explosion, die nicht zerstörte, sondern etwas schuf, eine Empfindung von Kraft und einen Hauch von Allwissenheit beim Verschmelzen ihrer Körper, als hätte sich für einen Sekundenbruchteil der Vorhang gehoben, hinter dem sich die Antworten auf die drei großen Fragen der Menschheit verbargen.

Lea drehte den Kopf und legte sachte einen Arm auf Linus' Brust.

"Jetzt glaubst du wohl doch, daß ich eine von diesen 'Verlorenen' bin..."

"Eine dieser 'Verlorenen' hätte mich wohl kaum mit Haut und Haaren verschlungen..."

Später aßen sie Spaghetti Bolognese, die Linus mittlerweile ausgezeichnet zuzubereiten wußte. Er erzählte Lea von seiner großbürgerlichen Familie, von seinen Eltern und seinem jüngeren Bruder Tim, die zusammen mit seinen Großeltern mütterlicherseits in einer feudalen Gründerzeitvilla lebten, und von seiner Schwester Bea, mit der er sich gut verstand, die einen aufstrebenden Start-up-Unternehmer geheiratet hatte. Lea schüttelte verständnislos den Kopf.

"Und warum tust du dir das hier an? Hast du dich mit deiner Familie überworfen?"

"Überhaupt nicht... ich fand es nur pervers, in diesem Luxus zu leben und über eine Welt zu schreiben, die unaufhaltsam vor die Hunde geht..."

"Ich glaube, in deiner Situation hätte ich diese Skrupel nicht..."

Linus hatte richtig geraten, Lea 'machte irgendetwas mit ihren Händen', sie war Studentin an der Musikhochschule und wollte Pianistin werden. Sie lebte bei ihrer Mutter, die Alkoholikerin war und sich gerade so durchs Leben schlug, ihren Vater hatte sie nie kennengelernt. Sie hätte wahrscheinlich ein Stipendium bekommen können, aber irgend etwas in ihr sträubte sich dagegen, von einem anonymen Gremium abhängig zu sein und ihr großes Ziel mit Almosen zu finanzieren, wie sie es nannte, und so wagte sie den Sprung in die 'Escort'-Branche.

"Lernst du da nicht grauenhafte Arschlöcher kennen?"

"Das kann man steuern, ich stelle mich ja nicht auf die Straße... einige von ihnen rühren mich gar nicht an und reden nur mit mir, viele Ältere wollen mich nur angaffen und betatschen..."

In Linus regte sich die Eifersucht.

"Aber es gibt auch die anderen..."

"Oh ja... mehr als die Hälfte... die Gewalttätigen und Perversen habe ich aussortiert, aber es ist immer noch schlimm genug..."

"Wie hältst du das aus? Mußt du nicht dauernd daran denken, wenn du am Klavier sitzt?"

"Wenn ich am Klavier sitze, vergesse ich alles... es ist wie ein Rausch..."

Lea schob den leeren Teller zurück.

"Was ist denn bei dir anders? Du hockst acht Stunden pro Nacht fremdbestimmt in höchster Konzentration an diesem Empfang und kannst hinterher dennoch schreiben..."

"Das läßt sich doch nicht vergleichen..."

"Warum nicht? Frauen haben schon immer ihren Körper eingesetzt, um etwas zu erreichen, Männer dagegen wollen immer nur Helden sein, halten sich für unverletzlich und gieren ständig nach Bestätigung..."

Linus starrte Lea verdutzt an.

"Sag mal, wie alt bist du eigentlich, daß du schon alles weißt? Und muß ich mich jetzt schämen, weil ich mir wünsche, daß ein paar Leute meine Erzählungen lesen?"

Die nächsten Tage waren regennaß und kalt, bis Mittag wurde es kaum heller als zur Zeit der Morgendämmerung. Linus ging seiner Arbeit nach, korrespondierte mit seinem Verlag und hoffte, Lea nicht bei einem ihrer Dates zu begegnen. Er hatte ihr die Erlaubnis abgetrotzt, bei einer ihrer Klavierübungen in der Musikhochschule dabei sein zu dürfen. Als es soweit war und er im Hintergrund still auf einem Stuhl Platz genommen hatte, spürte er, wie ungewöhnlich nervös sie war, ganz offensichtlich nahm sie ihr Musikstudium mehr als ernst, der Erfolg schien existentiell für sie. Nach einigen Lockerungsübungen begann Lea mit viel Kunstfertigkeit Beethovens Mondschein-Sonate, ihre schmalen, beweglichen Finger flogen förmlich über die Tasten, doch selbst Linus, der Musik wie die meisten Menschen nur wie ein Laie konsumierte, merkte, daß ihr übertriebenes Bemühen, die Technik vollkommen zu beherrschen, zulasten des Ausdrucks ging. Das Stück, das sie spielte, hatte auch er schon gehört, doch in seiner Erinnerung klang es weich, träumerisch und sehnsuchtsvoll, mit kaum wahrnehmbaren Beschleunigungen und Lautstärkenverlagerungen, die dem ganzen eine wie vom Wind verwehte Unbestimmtheit verlieh. Bei Lea stimmte jede Note, die sie anschlug, doch es fehlte die Beseeltheit, die Differenzierung, die Souveränität des Übergangs von der reinen Fingerfertigkeit zur eigenständigen Interpretation. Dies schien auch der Klavierlehrer zu empfinden, der neben ihr saß und Lea jetzt sanft an die Schulter faßte. Was er ihr sagte, konnte Linus nicht verstehen, doch an Leas Reaktion spürte er, daß es etwas war, das sie nicht zum ersten Mal hörte. Sie machte da weiter, wo sie aufgehört hatte, und an der Art, wie sie jetzt spielte, merkte er, daß der Klavierlehrer ihr offenbar etwas Ähnliches zu verstehen gegeben hatte, was er selber dachte. Doch Lea verkrampfte sich, verhedderte sich, versuchte es noch ein paarmal, hörte schließlich ganz auf, erhob sich von ihrem Stuhl und rannte schluchzend aus dem Zimmer. Der Klavierlehrer drehte sich schwerfällig auf seinem Stuhl herum und sah ihr hilflos nach, dann warf er Linus einen Blick zu, als wollte er sich bei ihm entschuldigen. Linus stand auf und ging unsicher auf ihn zu.

"Tut mir leid, ich hätte vielleicht nicht dabei sein sollen, sie fühlte sich noch nicht sicher genug..."

Der Klavierlehrer schien erleichtert, daß Linus es nicht auf einen Streit mit ihm anlegte.

"Lea hat eine phantastische Begabung, aber sie will immer zuviel oder das Falsche, als hätte sie Angst, sich fallenzulassen..."

Nicht ohne eine gewisse Erheiterung mußte Linus an ihr erstes Zusammentreffen im Café und dann bei ihm in der Wohnung denken.

"In manchen Menschen lodert ein inneres Feuer, aber sie wissen nicht, wie sie damit umgehen sollen, und sie schämen sich, daß sie nicht so cool sind wie die anderen..."

Der Klavierlehrer starrte Linus verblüfft an.

"Ja, da haben Sie absolut recht... aber wie befreit

man sie von dieser Fessel?"

"Genau das ist die Frage..."

Linus straffte sich, knöpfte seine Jacke zu und machte eine Kopfbewegung zum Ausgang.

"Ich gehe ihr jetzt mal nach..."

Linus holte Lea auf der Treppe ein, sie war schon fast auf der Straße. Sie hatte sich ein Regencape umgeworfen und die Kapuze hochgeschlagen, sie ging gekrümmt, die Arme vor dem Oberkörper verknotet. Linus versuchte sich vor sie zu drängen, damit sie ihn ansah und er mit ihr reden konnte.

"Lea! Lea, so warte doch..."

Lea schob ihn wortlos beiseite und stieß heftig die Ausgangstür auf. Linus riß ihre Hand von der Türklinke weg und packte sie mit beiden Händen an den Schultern.

"Lea, bitte, hör mir zu... ich weiß, was da drin abgelaufen ist, aber das ist kein Grund, die Flucht zu ergreifen..."

Lea verharrte einen Augenblick reglos, dann öffnete sie erneut die Ausgangstür, diesmal ohne diese blinde Wut. Linus folgte ihr nach draußen.

"Mir ist klar, daß du jetzt nichts hören willst, weder Trost noch gut gemeinte Ratschläge... aber du bleibst jetzt nicht allein, du kommst zu mir, und dann sehen wir weiter."

Lea gab keine Antwort, krumm und unbeirrt

stapfte sie geradeaus, wehrte Linus jedoch nicht ab, als er behutsam einen Arm um sie legte.

Lea lag in Embryostellung angezogen auf der Matratze, den Kopf zur Wand gedreht, eine halb ausgetrunkene Teetasse in Griffnähe. Linus hatte seinen Bürostuhl nach hinten gekippt, die Füße auf dem Schreibtisch, und starrte nachdenklich auf das Bündel Elend in der Ecke. Seit Lea fluchtartig aus dem Übungsraum gerannt war, hatte sie noch kein Wort gesprochen, nur ein paar Schlucke heißen Tee getrunken. Seltsamerweise machte sich Linus keine allzu großen Sorgen, insgeheim bereitete es ihm eine große Genugtuung, daß Lea ohne Widerstand oder Gezicke mit ihm mitgegangen war, obschon sie sich doch kaum kannten, wie ein Kind, das großen Kummer hat, über den es noch nicht reden kann, aber froh ist, sich in der Geborgenheit eines freundlich gesinnten Menschen zu befinden.

In der Ecke regte sich etwas, Lea drehte sich langsam um, schob sich an der Wand hoch und stopfte sich das Kopfkissen hinter den Rücken, erloschen schien ihre unbändige Energie. Ihr unsicherer Blick flog zu Linus hinüber, der sie ruhig betrachtete.

"Schau mich nicht so an, ich weiß schon, was du denkst..."

"Ach ja? Und was denke ich?"

"Daß du dir so 'ne Null geangelt hast und nicht weißt, wie du sie wieder loswerden sollst..."

Linus nahm die Füße vom Tisch und sah Lea weiterhin ruhig an.

"Dann hast du ja nicht gerade eine hohe Meinung von mir..."

"Nach dem, was geschehen ist? Nur ein Trottel würde noch einen Cent auf mich wetten..."

Leas schmales, feinnerviges Gesicht schien noch blasser als sonst und leuchtete matt in der dunklen Ecke, ihre Augen schauten nach innen, und ihr starrer Ausdruck deutete an, daß sie den Tränen nahe war.

Linus spürte, daß sich ihr ganzes Wesen nach ihm sehnte, nach einem erlösenden Wort von ihm, auch wenn sie alles tat, um ihn zurückzustoßen, und ein tiefes Gefühl der Rührung und der Zusammengehörigkeit übermannte ihn. Er erhob sich langsam aus seinem Sessel und setzte sich zu Lea, die unwillkürlich vor ihm zurückwich, und sah ihr lange und ernst in die Augen.

"Erstens: Du und ich, das läßt sich nicht mehr trennen. Zweitens: Spiel endlich so, wie du dich hast fallenlassen, als wir uns zum ersten Mal trafen, du kannst das. Drittens: Du wirst diese Beethoven-Sonate bei uns zu Hause an Weihnachten spielen, und alle werden mir gratulieren und ausrufen, was für ein Glückspilz ich bin..."

Aus Leas Gesicht war die anfängliche ängstliche Erwartung gewichen, und ein Anflug ihrer frechen Seite funkelte bereits wieder in ihren Augen.

"Wenn du so schreibst, wie du eben geredet hast,

dann gute Nacht Dichterruhm..."

Linus sah Lea verdutzt an, doch ehe er es sich versah, hatte sie ihre Arme um seinen Hals geschlungen und ihn neben sich auf die Matratze gerissen.

Für die nächsten Übungsstunden hatte Linus absolutes Konservatoriums-Verbot, doch wenn sie sich sahen, merkte er, daß Lea lockerer geworden war, ihre Zuversicht wuchs, sie fing an, an sich zu glauben, sie schien eine Methode gefunden zu haben, ihren starren, rein handwerklichen Perfektionismus zu überwinden.

Linus fing eine neue Geschichte an, nahm letzte Änderungen an seinem Erzählband vor und traf

sich fast jeden Tag mit Lea, die zu Linus' Erleichterung bis auf weiteres auf ihre "Dates" verzichtete, sie habe in diesem Jahr genug Geld verdient.

Kurz vor Weihnachten lag Linus' Erzählband in ausgewählten Buchhandlungen aus, man konnte ihn aber auch übers Internet kaufen als *book on demand*. Die drei Erzählungen handelten von ganz unterschiedlichen Menschen, denen gemeinsam war, daß sie sich in einer Welt von Egomanen, Rechthabern und schwindender Solidarität nicht mehr zurechtfanden und verzweifelt versuchten, ihre Überzeugungen zu bewahren und ihren Weg zu finden. Lea zögerte zunächst, das Buch zu lesen, insgeheim befürchtete sie, von den Geschichten niedergedrückt zu werden, dann war sie erleichtert und überrascht, daß Linus so kraftvoll und emphatisch schrieb, nichts war zu spüren von Larmoyanz oder Selbstmitleid.

Je näher Weihnachten rückte, desto nervöser wurde Lea. Für sich selbst fühlte sie sich jetzt einigermaßen sicher, aber vor Publikum zu spielen, und das auch noch vor Linus' anspruchsvoller Familie, drohte sie zusehends zu lähmen. Linus machte ihr Mut, indem er seine Familie als zwar dem Materiellen verhaftet beschrieb, aber durchaus in der Lage zu spontaner Empathie. Sein Vater habe seiner Mutter einen Heiratsantrag gemacht, nachdem sie zusammen ein Klavierkonzert besucht hatten, bei dem sie, die nüchtern Denkende, während Beethovens Mondschein-Sonate in Tränen ausgebrochen sei, nur deswegen habe sie, so wurde noch heute darüber gescherzt, 'Ja' gesagt. In Wahrheit hatten Linus' elitäre Fabrikanten-Großeltern die Wahl seiner Mutter, die entgegen ihrer späteren eisernen Haltung, das Wohl der Familie über alles zu stellen, dieses eine Mal stur geblieben war, skeptisch gesehen und seinen Vater, schon damals bereits Professor für vergleichende Religionswissenschaften, nur akzeptiert, weil er aus einer alteingesessenen, angesehenen Akademiker-Familie stammte und ihr Bruder für die Übernahme der Firma bereitstand. Diese Enthüllungen beruhigten Lea nicht unbedingt, es erhöhte eher den Druck auf sie, aber das sagte sie lieber nicht.

Endlich war der große Tag da. Linus hatte im *Splendid* für Heilig Abend freibekommen, eine Studentin aus seinem Team, die gerade Probleme mit ihren Eltern hatte, war bereit, für ihn einzuspringen. Leas Mutter war von einer Schwester eingeladen worden, und so waren Linus und Lea vollkommen frei. Lea hatte sich nach vielem Hin und Her für ein einfaches, langes, burgunderrotes Samtkleid entschieden, das ihr wie angegossen stand, und Linus, der eigentlich ungezwungener gehen wollte, zwängte sich in seinen einzigen Anzug, verzichtete aber auf die Krawatte.

Heilig Abend bei Linus' Eltern lief immer nach dem gleichen Muster ab. Um sich einzustimmen, traf man sich am späten Nachmittag, plauderte, trank Kaffee und packte die Geschenke aus, eine liebgewordene Gewohnheit aus der Zeit, als die Kinder noch kleiner waren und nicht so lange aufbleiben durften. Anschließend gab es ein gediegenes, aus Prinzip jedoch nicht übertrieben opulentes Essen mit erstklassigen Weinen, für deren Auswahl Linus' Großvater zuständig war, der nach dem Anhören eines feierlichen Weihnachtsliedes zum Abschluß eine kurze, besinnliche Rede hielt. Danach gingen die Großeltern meistens wieder nach oben in ihre Wohnung, und die übrige Gesellschaft löste sich allmählich auf. Nur diesmal sollte Lea nach dem Essen für die Musik sorgen.

Linus und Lea nahmen zusammen ein Taxi. Auf der Fahrt zu Linus' Eltern sprach Lea kein Wort, sie starrte apathisch vor sich hin und klammerte sich mit beiden Händen an Linus' rechten Arm. Linus spürte ihre Anspannung, streichelte ihr von Zeit zu Zeit über die Haare und drückte sie fest an sich.

"Mach dich nicht verrückt, ich weiß, daß du es schaffst..."

"Glaubst du, es ist richtig, daß wir keine Geschenke mitbringen?"

"Was redest du da... ich bringe ihnen mein Buch mit, und du wirst sie mit deiner Musik beglücken... im übrigen haben wir uns längst arrangiert... zu Weihnachten komme ich nur zum Essen, und wir tun so, als sei es ein ganz normaler Tag..."

Das Taxi fuhr in die Einfahrt und hielt vor dem imposanten Haupteingang. Lea war beeindruckt

von der Gründerzeitvilla, in der Linus' Familie wohnte, doch inmitten des kleinen, dichtbewachsenen alten Parks wirkte sie keineswegs protzig, sondern eher verschlafen und märchenhaft mit der fast vollständig von Efeu überwucherten Fassade.

Linus öffnete den kleinen Türflügel im mächtigen Portal, und die beiden traten ein. Die Eingangshalle war hoch und geräumig, rechts schwang sich eine breite Steintreppe, von einem dunkelroten Läufer bedeckt und mit Messingleisten festgehalten, in die beiden oberen Etagen hinauf, im Hintergrund, direkt in die Rückseite des Hauses eingelassen, sah man die gläsernen Schiebetüren eines Aufzugs, der außerhalb angebracht war. Linus hätte Lea gerne die Geschichte dieses Aufzugs erzählt, für den sich sein Großvater vor zehn Jahren plötzlich entschieden hatte. Der starrköpfige alte Mann hatte darauf bestanden, daß er exklusiv nur ins zweite Obergeschoß fuhr, wo er mit Linus' Großmutter lebte, doch seine Mutter, die sich zum zweiten Mal in ihrem Leben gegen ihren Vater auflehnte, setzte nach einem erbitterten, bizarren Streit, der noch lange nachhallte, durch, daß er auch im ersten Obergeschoß hielt, das sie mit der übrigen Familie bewohnte. Nach einem Blick auf Leas angespanntes Gesicht verzichtete Linus jedoch darauf, sie jetzt mit dieser denkwürdige Familienepisode zu behelligen, zog ein Exemplar seines schmalen Erzählbandes aus der Jackentasche, legte es auf das silberne Tablett, das auf einem Tischchen am Fuß der Treppe stand, auf dem sich Schlüssel, Visitenkarten und Feuerzeuge sammelten, und schob Lea nach links zu der Tür, die ins riesige Wohnzimmer führte, das mittels einer Doppel- und einer Schiebetür eine *enfillade* bildete und in ein Eßzimmer, einen Salon und ein Musikzimmer unterteilt war.

Die Familie war eben aus dem Salon aufgebrochen, wo eine mächtige Tanne mit echten Kerzen stand, üppig behangen mit altem Baumschmuck, inmitten von zerknülltem Geschenkpapier, leeren Schachteln und am Boden verstreuten bunten Bändern, und begab sich auf dem Weg zum Eßzimmer, als Linus und Lea eintraten.

Linus' Mutter eilte sofort auf die beiden zu, blond, alterslos, in ein schlichtes graues Kostüm gekleidet, jede Faser ihres Körpers unter Kontrolle, und begrüßte Lea mit einer Emphase, als sei sie längst ein anerkanntes Mitglied der Familie. Linus, der seine Mutter besser kannte, als ihr lieb war, registrierte mit

Verblüffung, daß ihre vollendete, Herzlichkeit vortäuschende Förmlichkeit kaum gespielt war, daß Lea mit ihrer unbedingten, furchtlosen Art und ihrer blassen, ätherischen Schönheit offenbar einen Nerv in ihr getroffen hatte und sie spontan für sich einnahm.

Linus' Mutter legte einen Arm um Leas Schulter und wandte sich an ihre Familie.

"Das ist also Lea, die Linus bisher erfolgreich vor uns versteckt hat... offenbar hat sie sein Genie erkannt, das uns Ignoranten verborgen blieb, sonst hätte ihn diese schöne Fee wohl kaum auserkoren... zeigen wir uns also von unserer besten Seite, wir wollen doch nicht, daß wir sie vergraulen..."

Die Mutter küßte Linus leicht auf die Wange und schickte die beiden mit einem Klaps auf seine Schulter an das Ende der Tafel, wo sein Bruder Tim, der alles tat, um sich unsichtbar zu machen, mit Cousin und Cousine, den etwa gleichaltrigen Kindern des Bruders seiner Mutter, gerade Platz nahmen. Als Vorspeise gab es frische Shrimps, dazu einen exzellenten Chablis, als Hauptgericht Filet mignon mit Kaiserschoten und einen alten, köstlichen Pommard, als Nachspeise Profiteroles oder wahlweise verschiedene Sorbets. Rasch und diskret wurde das Essen von dienstbaren Geistern aufgetragen und Wein eingeschenkt, sodaß Lea Zeit hatte, die Runde in Ruhe zu betrachten. Da war der Großvater mit seinen weißen, struppigen Haaren und dem Walroßschnurrbart, der düster und verdrossen vor sich hinsah, neben ihm sein Frau, eine kleine, mollige Dame, die ihre wasserblauen Augen freundlich umherschweifen ließ und damit kundtat, daß ihr Mann wohl nicht halb so bedrohlich war, wie er sich den Anschein gab. Linus' Onkel, der Bruder seiner Mutter, war von allen der Farbloseste. Als Kopf der Familienfirma war er sich seiner Wichtigkeit bewußt und konnte nur schlecht verbergen, wie sehr ihn das alles langweilte. Seine Frau war lebhafter und schien sich mit Linus' Mutter gut zu verstehen, aber vielleicht war das auch nur Taktik. Am meisten verblüffte sie Linus' Vater, der mit seinem langen, schmalen Kopf und seinen runden Brillengläsern genauso aussah, wie man sich einen Gelehrten vorstellte. An ihm war alles lang und schmal, seine Gliedmaßen, seine Hände, doch was ihn davor bewahrte, als Karikatur zu erscheinen, waren seine Augen, in denen ein unheimliches, inneres Feuer loderte. Selbst wenn er nur ein paar Sätze in die Unterhaltung einwarf, die langsam in Gang kam und in der alles vermieden wurde, was zu unangenehmen Debatten führen konnte, spürte man die ungeheure Energie seines Geistes, der sich zähmen mußte, um nicht herauszuplatzen und mit all seinem Wissen die Konversation als banales Geschwätz zu entlarven.

Ein Stuhl neben Linus' Mutter war leergeblieben, niemand hatte bislang ein Wort darüber verloren. Lea, die wegen ihres bevorstehenden Auftritts im Gegensatz zu Linus nur zum Anstoßen einen Schluck Wein getrunken hatte, beugte sich zu Linus, deutete hinüber zum leeren Platz und senkte die Stimme.

"Erwartet ihr noch jemand? Oder ist das irgendein Ritual?"

"Nein, nein... meine Schwester Bea wollte eigentlich kommen, ihr Mann ist in New York, und sie mußte ihm aus seinem Büro Unterlagen schicken..."

"Jetzt? An Heilig Abend?"

"Die Haifische schlafen nie..."

Das Essen neigte sich dem Ende zu, die Gespräche verebbten, Linus' Mutter stand auf.

"Bea hat es leider nicht geschafft, rechtzeitig zum Essen hier zu sein, aber sie hat angerufen, sie ist unterwegs und wird uns auf jeden Fall noch Gesellschaft leisten..."

Linus' Mutter blieb stehen.

"Bitte laßt uns doch schon mal in den Salon hinübergehen, dort gibt es Kaffee und Getränke, und dann erwartet uns ja noch ein musikalischer Leckerbissen..."

Ohne Eile erhob sich einer nach dem anderen vom Tisch und schlenderte gemächlich ins Musikzimmer hinüber. Dort waren bequeme Sessel um kleine Tische aufgestellt, auf denen Tabletts mit Kaffeekannen standen, Flaschen mit ausgewählten Spirituosen, Mokkatassen aus feinem Porzellan und kristallene Gläser für Cognac und Likör. Ein aufgeschlagener, glänzend polierter Flügel stand in einer Ecke, der den Eindruck erweckte, als werde er sorgfältig gepflegt. Linus drückte Lea noch einmal beide Hände, bevor sie das Zimmer betrat und sich an den Flügel setzte. Sachte und nervös fuhr sie prüfend über die Tasten und merkte zu ihrer Erleichterung, daß das Instrument in bestem Zustand war. Gläser klirrten, Flaschen wurden entkorkt und wieder verschlossen, dann ebbten die Geräusche langsam ab, aller Augen richteten sich auf die Gestalt im roten Samtkleid, die nach vorne gebeugt auf ihren Einsatz wartete. Es war wieder Linus' Mutter, die das Wort ergriff.

"Liebe Lea, wenn du bereit bist, wir sind es auch..."

Lea warf einen flüchtigen Blick in die Runde, nickte und setzte ihre Hände auf die Tasten. Die ersten Klänge waren noch etwas unsicher, aber dann spürte Linus, wie die Spannung von Lea wich und sie mit jedem Anschlag souveräner wurde. Sie beherrschte nicht nur die Klaviatur, wie sie es schon immer getan hatte, sie spielte jetzt auch mit Seele, mit Ausdruck, als sei ein Damm gebrochen und ein Meer von Gefühlen überflute sie, von denen sie bis vor kurzem nicht einmal gewußt hatte, daß sie in ihr drin waren. Die Zuhörer, die sich auf eine nette, aber belanglose Darbietung eingestellt hatten, gerieten immer mehr in den Bann von Leas Spiel, und als sie endete, war für einen kurzen Augenblick so etwas wie eine kollektive Verzückung, ja Ergriffenheit spürbar, derer die Menschen, die in diesem Raum zusammensaßen, sonst wohl selten teilhaftig wurden. Verhalten, fast verlegen wurde applaudiert, als hätten sie gar nicht das Recht dazu, Lea glitt an ihren Platz neben Linus, und bevor jemand etwas sagen konnte, entstanden draußen Lärm und Bewegung. Die Tür flog auf, und Bea stürmte mit ausgebreiteten Armen herein.

"Leute, wenn ihr wüßtet, was mir alles zugestoßen ist!"

Der magische Augenblick war vorüber, die Aufmerksamkeit aller war schlagartig auf Bea gerichtet, alle redeten hektisch durcheinander, vielleicht auch, weil sie sich schämten, daß sie sich als nüchterne Menschen von der Musik derart hatten vereinnahmen lassen, doch der Hauptgrund für die Zuwendung, die Bea erfuhr, war unübersehbar: Sie war hochschwanger. Alle stürzten herbei und wollten etwas für sie tun, Essen holen, ein Kissen in den Rücken, oder sie hatten gute Ratschläge. Der Großvater, der mit einem Glas in der Hand bereits aufgestanden war, um seine Weihnachtsansprache zu halten, setzte das Glas wieder ab, zerrte seine Frau am Arm und verließ mit ihr erbost und unbeachtet das Zimmer. Linus wandte sich mit einem traurigen Lächeln Lea zu.

"So ist das nun mal, die Natur gewinnt immer... aber dein Spiel war fantastisch, du hast sie vollkommen in deinen Bann geschlagen..."

Lea küßte Linus sanft auf den Mund und fuhr ihm mit der Hand über die Haare, als ob sie es sei, die ihn trösten mußte, unerklärlicherweise war sie heiter gestimmt.

"Ich weiß, wem ich das zu verdanken habe..."

Als sie sich von allen verabschiedet hatten, kam Bea angebraust und umarmte ihren Bruder und Lea mit Ungestüm.

"Daß Linus eine Frau wie dich kennengelernt hat, kann ich gar nicht fassen... du mußt unbedingt einmal für mich spielen, sonst bin ich dir sehr böse..."

"Ja, mach' ich..."

"Ich hatte leider nie die Geduld zu üben..."

Lea strich Bea lächelnd über den weit vorgewölbten Bauch.

"Paß gut auf euch beide auf..."

Als Linus und Lea am Fuß der Treppe vorbei kamen, sah Linus, daß sein Buch noch genauso unberührt war, wie er es hingelegt hatte. Ohne anzuhalten hob er es auf und steckte es wieder in seine Jackentasche.

"Sie lieben mich alle, aber sie halten meine Schreiberei für einen Spleen... sie glauben, indem sie es totschweigen, erledigt sich das Problem von selbst..."

Lea griff nach Linus' Hand.

"Sie leben in einer anderen Welt... was soll ich erst von meiner Mutter sagen..."

Die Haustür schloß sich hinter ihnen, und sie gingen Hand in Hand durch die neblig-trübe Nacht, die weder richtig kalt noch sonst auf irgendeine Weise weihnachtlich war, als Linus abrupt stehenblieb und Lea starr fixierte.

"Niemals wird sich dein Bauch über einem lästi-gen kleinen Balg wölben wie bei meiner Schwester... der Klang deiner Musik wird die Konzertsäle füllen, und meine Bücher werden unsere Kinder sein... unser Leben ist vollkommen..."

Lea sah Linus ernst, beinahe furchtsam an, doch dann, von Linus unbemerkt, glomm plötzlich ganz hinten in ihren Augen ein verräterisches Licht auf, und ein leises Lächeln stahl sich auf ihr Gesicht.

"Ja, natürlich, du hast absolut recht..."

Sie gingen weiter die leere Straße hinunter, bis das schummrige Licht der Straßenlaternen sie nicht mehr erfaßte und sie eins wurden mit der milchigen Schwärze der Nacht.

EIN PERFEKTES PAAR

Wenn man die Augen schloß, konnte man das leise Rauschen der weit entfernten Autobahn als das Geräusch eines friedlich dahinfließenden Gewässers empfinden, wenn man aber die Augen öffnete, standen dort riesige Bagger und Monsterkrane, die diese Idylle durch eine neue Abfahrt in einen für die Anwohner alptraumhaften Zustand zu versetzen im Begriff waren.

Mike trat aus der Werkhalle seines hufeisenförmigen Anwesens, auf dessen gegenüberliegenden und der Stirnseite sich die Wohnräume befanden, in den von der Sonne überfluteten Innenhof und sah mit Sorge, wie sich die etwa dreihundert Meter entfernte Baustelle ausdehnte wie ein Krebsgeschwür. Innerhalb der Schleife, die von der Landstraße zur Autobahn führen sollte, um die Vorstädte zu entlasten, wäre er dann gefangen in einem Ring Tag und Nacht rollenden Fernverkehrs.

Mike inspizierte den aufgebockten Sekretär aus Kirschholz mit dem einfachen Aufbau, der zwar nicht besonders wertvoll war, seinen Besitzern aber sehr viel bedeutete. Das Holz war an manchen Stellen abgestoßen, der Lederbezug zerbröselt und die Metallbeschläge verbogen, sodaß die Schlüssel nicht mehr paßten. Mike freute sich auf die Arbeit, sie paßte zum Sommer, sie war nicht leicht, aber unkompliziert.

Doch Mike hatte sich zu früh gefreut, kaum hatte er die Schubladen heraus gezogen, um sie genauer zu untersuchen, bog ein großer, schmutzverkrusteter Ford Pick-up, der ursprünglich mal dunkelgrün gewesen war, in den Innenhof ein, und hupte wild. Es war Cooper, der eigentlich Joachim hieß, von einem unstillbaren Drang nach amerikanischer Lebensart erfüllt, die er nur aus amerikanischen Fernsehserien kannte, und Mike, ob er wollte oder nicht, mit Unmengen von echten und unechten Antiquitäten belieferte, die dringend einer Renovierung bedurften, jedoch meistens umgehend auf den Müll gehörten. Mike ließ ihn gewähren, weil Cooper ab und zu Möbel anschleppte, die tatsächlich einen Wert besaßen.

Bevor der Van zum Stehen kam, schrie Cooper, die langen, grauen, zottigen Haare unter seiner verwaschenen Baseballkappe zu einem Pferdeschwanz zusammengebunden, schon aus dem offenen Fenster.

"He, Mike, Cooper hat 'ne geile Kommode für dich, ziemlich am Arsch, ein Fuß fehlt, aber sonst alles okay..."

Cooper hielt haarscharf neben dem Kirschholz-Sekretär, sodaß Mike schon die Aufbockung wegreißen wollte, doch Cooper gefielen solche Spielchen, er machte nie einen Fehler.

Mike hob wortlos die Decke von dem Bündel, das auf dem Pick-up festgezurrt war, betrachtete die

Kommode, die zum Vorschein kam, und war sprachlos. Ohne Zweifel war es eine echte Biedermeierkommode, und, wie er flüchtig abschätzte, eine wertvolle noch dazu. Sie war ramponiert, der Lack abgeblättert, und ein Fuß fehlte komplett, wie Cooper richtig gesagt hatte. Sollten die Besitzer solvent sein, war das ein gutes Geschäft.

Mike ging nach vorne zur Fahrertür, wo Cooper seinen dicken Kopf siegesgewiß aus dem Fenster streckte, und ließ sich nichts anmerken.

"Bring den Scheiß in meine Werkhalle, ich schau mir das mal genauer an... bereite dich aber darauf vor, daß du den Mist in den Werthof fahren mußt..."

Cooper platzte fast vor Selbstgefälligkeit.

"Von wegen Werthof... hier ein Brief von den Besitzern... sie haben mich gelöchert und wollten wissen, wer der beste... na, du weißt schon... ist..."

"Und das bin ich?"

"Yep..."

"Du kennst doch keinen anderen..."

"Nope..."

Mike überflog das Schreiben, das von einer adligen Familie stammte und äußerst höflich formuliert war. Ein Gutachten lag bei, das die Kommode als echt zertifizierte.

"Die wollen, daß ich mir das mal anschaue... also mach' dir keine Hoffnungen..."

"Die wollen das Ding unbedingt im alten Glanz zurück ... zu jedem Preis..."

Mike starrte Cooper irritiert an.

"Du hast den Brief gelesen?"

"Yep..."

"Okay... zehn Prozent wie immer..."

"Negativ... zwanzig Prozent..."

Coopers massiger Unterarm hing lässig aus dem Fenster, und seine listigen, kleinen Augen tanzten über Mikes dichten Haarschopf, ohne Mike direkt anzuschauen.

Mike packte Cooper jäh an seinem Zopf.

"Zwanzig Prozent! Aber nur dieses eine Mal! Kapiert?"

Cooper, der sich nichts sehnlicher wünschte als stark und ungebändigt zu wirken, verharrte reglos und sah Mike mit hündischem Blick an.

"Ja, Mike... alles klar, Mike..."

Die Wanduhr im Café sprang auf zehn vor vier, und Hannah, die an einem Handtuch hinter dem Tresen gerade ihre Hände abwischte, betete um jede Minute, die sie dem Ende ihrer Schicht näherbrachte. Sie war sehr beliebt in dem Lokal, doch mit jedem Tag fiel es ihr schwerer, all die Männer freundlich abzuweisen, die ihr mit heimlich zugesteckten Zetteln, offenen Anträgen und ordinären Klapsen auf den Hintern ihre "Verehrung" zuteil werden ließen, sie hatte so viel anderes im Kopf.

Hannah kassierte ihren letzten Gast ab, einen mittelalterlichen Freak, der schon seit Monaten das Café frequentierte und sich bei ihr regelmäßig mit scheinbar mitfühlenden Fragen einzuschmeicheln versuchte, in Wirklichkeit aber nur einen Blick für ihren Busen hatte.

Hannah winkte dem Geschäftsführer zu und und stieß die Tür nach draußen auf. Was für eine Erlösung! Endlich frei! Sie war doch Schauspielerin, aber niemand wußte davon, nur ihr Freund Pablo, mit dem sie zusammenwohnte, Regisseur bei einem kleinen Theater. Zusammen würden sie den Durchbruch schaffen.

Hannah öffnete die Tür zu ihrer Wohnung und hielt irritiert inne. Lautes Gelächter schlug ihr entgegen, sowohl männliches wie weibliches, und als sie die Tür zum Wohnzimmer aufstieß, sah sie Pablo in einem gespielten Gerangel mit einer Frau, die sie noch nie zuvor gesehen hatte. Pablo löste sich unbefangen aus dem Körperkontakt und ging strahlend auf Hannah zu, einen Brief in der Hand, den er ihr sofort überreichte.

"Ein Fernsehfilm, und ich bin der Regisseur... stell dir das vor!"

Hannah überflog den Brief und ließ ihn auf den Boden fallen.

"Wer ist diese Frau?"

"Das ist Stella... sie spielt die Hauptrolle... die Produzenten wollen es so..."

"Und was mache ich?"

"Keine Sorge, dich bringen wir auch unter..."

Stella, blond, dünn, mit einem wissenden Lächeln, wandte sich ohne jede Scham an Hannah.

"Hey, Hannah, das wird eine tolle Zeit..."

Hannah schaute die beiden an, und ein Gefühl der Ohnmacht überwältigte sie.

"Ihr beide seid solche Drecksarschlöcher..."

Es war inzwischen so heiß geworden, daß Mike seinen fahrbaren Sonnenschirm über dem aufgebockten Sekretär aufgespannt hatte. Vorsichtig schmirgelte er den alten Lack und die verblaßte Farbe von den Beinen ab, als er plötzlich, im Gegenlicht, am Eingang zum Hof, eine weibliche Gestalt entdeckte, die zielstrebig auf ihn zu kam. Im Kino wäre dies wohl der Auftakt zu einem aufwendigen Actionspektakel gewesen, doch die Frau war offensichtlich weder verletzt noch blutverschmiert noch sah sie sonstwie hilfebedürftig aus.

Mike legte sein Werkzeug aus der Hand, trat aus dem Schatten des Sonnenschutzes und sah der Frau mit schweißglänzendem, nackten Oberkörper neugierig entgegen, die raschen Schrittes näher kam. Sie war jung, schlank, dunkelhaarig, trug Jeans und ein T-Shirt, das knapp oberhalb des Gürtels endete und sich über einem üppigen Busen spannte.

Mike lachte ungläubig und schüttelte den Kopf.

"Willkommen am Ende der Welt... aus welchem Film sind Sie entsprungen?"

Hannah ignorierte seine verklausulierte Anspielung, die wohl ein Kompliment für ihr attraktives Äußeres sein sollte.

"Ich habe eine Panne..."

"Oh..."

"Können Sie mir helfen?"

"Ich denke schon..."

Zum ersten Mal sah Mike der Frau direkt in die Augen und erschrak – so ruhig und intensiv hatte ihn noch nie zuvor ein Mensch angeschaut.

Mike kam ins Stottern.

"Wo... ich meine... was ist denn mit Ihrem Auto?"

"Ich stehe da vorne an der Landstraße... ich wollte auf die Autobahn, und plötzlich... zack... alles tot... übrigens... ich bin Hannah..."

"Mike... eigentlich heiße ich Michael..."

Mike atmete einmal tief durch und deutete auf seinen Van.

"Dann schauen wir uns das doch mal an... ich hol' mir nur schnell was zum Überziehen..."

Der kleine Japaner stand schräg auf der Wiese knapp neben der Landstraße. Mike setzte sich auf den Fahrersitz, schaltete die Zündung ein und studierte aufmerksam die Anzeigen. Hannah stand daneben, beugte sich leicht herunter und sah ihm aufmerksam zu. Keines der Alarmlämpchen leuchtete, auch Benzin war genug da. Mike drehte den Zündschlüssel, der Anlasser reagierte sofort, auch die Batterie schien in Ordnung, doch der Motor sprang nicht an. Mike entriegelte die Motorhaube, stieg aus und öffnete sie. Auf den ersten Blick war nichts Auffälliges zu erkennen, Mike wandte sich Hannah zu.

"Versuchen Sie es mal..."

Hannah setzte sich ans Steuer, doch wieder orgelte der Anlasser wirkungslos vor sich hin. Auch jetzt konnte Mike keinen Defekt entdecken. Er klappte die Motorhaube wieder zu.

"Das hat keinen Sinn, weiter vorne an der Landstraße ist eine Garage, ich kenne den Typ, der sie betreibt... ich schleppe sie dorthin..."

Hannah blieb sitzen und antwortete nicht. Mike ging um das Auto herum zur Fahrerseite und blickte durch das offene Fenster auf sie.

"Was ist? Gibt es ein Problem?"

Hannah wirkte auf einmal sehr kleinlaut.

"Ich... ich bin gerade aus meiner Wohnung geflogen und wollte zu einer Freundin..."

"Warum übernachten Sie nicht bei mir? Ich habe

reichlich Platz..."

Hannah sah auf und musterte Mike nachdenklich, der sie ernst und und voller Anteilnahme betrachtete, und ihre Miene hellte sich auf.

"Ich denke darüber nach... vielen Dank..."

Mike lächelte und richtete sich auf.

"Bleiben Sie sitzen, ich hole das Abschleppseil..."

Der Typ von der Garage, groß, schwabbelig, mit ungesund rotem Gesicht, fingerte gelangweilt am Motor des kleinen Japaners herum, richtete sich auf und wandte sich an Mike, der neben Hannah gespannt daneben stand.

"Liegt wohl an der Benzinpumpe... ob ich sie reparieren kann oder ersetzen muß, weiß ich noch nicht..."

Er knallte die Motorhaube zu und puffte Mike gegen die Schulter.

"Ich ruf' dich an..."

"Ist ein bißchen eilig..."

Der Typ hatte sich schon abgewandt, schlurfte zum Büro zurück und machte nach hinten eine abfällige Bewegung mit der Hand.

Mike hob die Schultern und sah Hannah entschuldigend an.

"Der ist immer so, besonders wenn eine Frau dabei ist ..."

Hannah lachte und strich Mike spontan eine Haarsträhne aus der Stirn.

"So ein Idiot. Der soll mein Auto reparieren..."

Hannah saß draußen im Hof unter einem riesigen Sonnendach an einem Tisch, der früher mal im Refektorium eines französischen Klosters gestanden hatte, und und sah Mike entgegen, der ein großes Tablett vor sie hin stellte: Spaghetti mit Pesto, von Mike mit Basilikum aus seinem Garten zubereitet, auf dem Tisch standen bereits ein *Oeil de Perdrix*, ein Roséwein aus der Schweiz aus *pinot noir*-Trauben, und ein Brotkorb mit frischer Ciappata.

Hannah war beeindruckt.

"Das ist ja kaum zu glauben, Sie recyceln alte Möbel und ernähren sich aus dem eigenen Garten... gibt es einen dunklen Fleck in Ihrem Paradies?"

"Alles halb so wild... der Wein kommt aus der Schweiz und die Spaghetti aus Italien... ich mag einfach gute, saubere Sachen..."

Mike goß Wein ein und warf einen flüchtigen Blick auf Hannah, die völlig entspannt wirkte und mit gutem Appetit aß.

"Dieser Rausschmiß aus Ihrer Wohnung... das scheint Sie nicht sonderlich zu beunruhigen..."

"Oh doch, das tut es..."

Hannah nahm einen Schluck Wein.

"Genau genommen bin ich nicht rausgeflogen, ich bin gegangen..."

Mike schaute auf und wartete auf die Fortsetzung.

"Ich bin Schauspielerin, und ich wohne mit einem Regisseur zusammen... gemeinsam wollten wir den Durchbruch schaffen..."

Auch Mike trank einen Schluck Wein und drehte das Glas lässig in seinen Händen, um zu verschleiern, wie fasziniert er von Hannah war.

"...doch kaum hatte er ein Angebot, Regie zu führen, saß schon die Tussi auf seinem Schoß, die der Fernsehsender für die Hauptrolle ausgesucht hatte..."

"Hat er sich nicht für Sie eingesetzt?"

"Sie kennen die Branche nicht... außerdem ist hierzulande mein Typ nicht gefragt... zu viel Busen, zu viel Hüften, zu viele Haare... die Produzenten haben Angst, als Sexisten verschrien zu werden..."

"Salma Hayek hat es doch auch geschafft..."

"Danke für diesen schmeichelhaften Vergleich... sie hat lange gebraucht, aber Hollywood hat eben beides, einen Sinn für Klasse und für Sexappeal..."

Hannah stocherte gedankenverloren in ihrem Teller herum.

"Meine bisher einzige Rolle in einem Film war die einer Sechzehnjährigen, die ein Kind bekommt... sie schminkten mich wie eine Nutte, weil sexuelle

Attraktivität ja nur in den Abgrund führen kann... die Hauptrollen bekommen dünne, anämischen Blondinen, deren einzige schauspielerische Leistung darin besteht, entsetzt die Augen aufzureißen... dafür sind sie politisch korrekt..."

Trotz ihrer bitteren Worten wirkte Hannah kein bißchen selbstmitleidig, eher ratlos und verwundert.

Mike mußte laut lachen.

"Das ist doch absurd... dafür schaltet doch kein Mensch den Fernseher ein..."

Hannah sah Mike kurz an, und auf ihr Gesicht stahl sich ein dankbares Lächeln. Sie drehte den letzten Rest Spaghetti um die Gabel und schob ihn sich in den Mund.

"Was ist mit Theater?"

"Zu abstrakt, zu vordergründig, zu exaltiert..."

"Das wird nicht einfach..."

"Ich glaube an mich... ich habe einen Job in einem Café, bei dem ich gut verdiene, den werde ich wohl noch eine Weile durchziehen müssen..."

"Sie können gerne hier wohnen, bis sich was ergibt..."

Hannah hob ihre Augen und forschte in Mikes Gesicht. Sein Blick war klar und offen, doch seine ganze Körperhaltung verriet sein Interesse an ihr.

"Sehen Sie sich die Zimmer doch mal an, sie haben alle ein eigenes Bad, Sie wären vollkommen unabhängig..."

Hannah trank ihr Glas aus und stand auf.

"Das klingt doch sehr verlockend..."

Mike führte Hannah zuerst durch die hohen Hallen seiner Werkstatt, vollgestellt, aber wohlgeordnet mit seinen Geräten, Maschinen, Werkzeugen und Möbelstücken, die auf die Restaurierung warteten, und kam schließlich auf die Wohnseite des Gebäudes.

An einem langen Flur befanden sich vier geräumige Zimmer, die alle gleich aussahen und unbewohnt waren, einfach, aber bequem möbliert, alle mit Bädern ausgestattet und mit Blick auf das unbebaute Gelände draußen.

Hannah sah Mike fragend an.

"Phantastisch... aber kann ich mir das leisten?"

"In Mikes Paradies gibt es keine Preise... nein, im Ernst, bis alles geregelt ist, sind Sie mein Gast..."

Mike und Hannah standen nahe beieinander, berührten sich fast, dann neigte Hannah kokett den Kopf.

"Gibt es eine Mrs. Mike?"

"Nein... aber ich wünschte es mir..."

Mike brachte Hannah, deren Schicht im Café schon um acht Uhr morgens begann, mit seinem

Auto zur S-Bahn. Beide waren sie keine Frühaufsteher, umso höher rechnete es Hannah Mike an, daß er ihr nicht einfach nur erklärt hatte, welcher Bus zur S-Bahnstation fuhr und wo sich die Haltestelle an der Landstraße befand. Er hatte sogar Frühstück für sie gemacht, er selbst war noch nicht in der Lage gewesen, etwas zu essen.

Der Tag versprach wieder wolkenlos und heiß zu werden. Mike ließ das Auto gemächlich dahin rollen, als fürchtete er, daß die Fahrt zu bald endete. Beide sprachen nur das Nötigste, gefangen in ihren Gedanken und den letzten Fetzen ihrer nächtlichen Träume nachhängend. Mike spürte einen Frieden, den er schon lange nicht mehr empfunden hatte, und mit jedem Atemzug schien Hannah ein Stück näher an ihn heranzurücken. Auch Hannah empfand diesen Frieden und gleichzeitig, wenn sie aus den Augenwinkeln kurz zu Mike hinüber spähte, ein kindisches Entzücken darüber, wie seine Armmuskeln anschwollen und sich entspannten, wenn er den Gang wechselte oder vor einer Kurve am Lenkrad drehte, es verschaffte ihr seltsamerweise ein Gefühl der Geborgenheit.

An der S-Bahnstation war es dann doch soweit, daß sie sich trennen mußten. Sie umarmten sich noch nicht, doch sie faßten sich spontan an beiden Händen, ein Lächeln auf dem Gesicht, das ihnen nicht bewußt war und den ganzen Tag nicht weichen sollte.

Mike nahm sich den Kirschholz-Sekretär wieder vor und war gerade mitten im Lackieren, als das Telefon klingelte.

"Hallo?"

"Ist dort Mike?"

"Ja, bin ich..."

"Das Auto ist fertig..."

"Und? Was hat gefehlt?"

"Ein Kabel war durchgeschmort..."

"Na, bestens... Und? Was verlangst du dafür?"

Mike wartete auf eine Antwort, doch der Typ von der Garage hatte schon aufgelegt. Mike schüttelte den Kopf und machte sich wieder an die Arbeit. Bis heute abend wollte er fertig sein.

Hannah biß die Zähne zusammen und bemühte sich, freundlich zu den Gästen zu sein. Im hellen Licht des Tages erschienen ihr die gestrigen Ereignisse noch deprimierender und absurder, und sie mußte sich zwingen, die Wut auf Pablo nicht hochkommen zu lassen. Seine Lässigkeit, seine wohltemperierte, mutmachende Art, seine geschmeidigen Hände – alles nur Getue, auf Knopfdruck abrufbar, einen monomanischen, geschäftstüchtigen Wesenskern verschleiernd.

"Na, wollen Sie mein Geld nicht?"

Der Gast, ein älterer Herr, sah milde lächelnd zu Hannah hoch, die zum Abkassieren mit dem Geldbeutel in der Hand vor ihm stand, aber vergessen zu haben schien, was sie hier wollte.

"Oh, Verzeihung, ich war in Gedanken... das macht sechzehn siebzig..."

Der Gast reichte Hannah zwanzig Euro.

"Stimmt so... ihr jungen Leute habt es auch nicht leicht..."

Mike hatte gerade die Inspektion des Sekretärs beendet, dessen Lack jetzt nur noch trocknen mußte, als er Hannah in den Innenhof einbiegen sah. Sie war bepackt mit Einkäufen und kam zielstrebig auf ihn zu. Sie war erhitzt, aber gut gelaunt.

"Gut zu wissen, daß ich ein Zuhause habe..."

Schwungvoll überreichte sie Mike eine der Einkaufstüten.

"Hier, muß in den Kühlschrank... heute abend koche ich etwas für uns..."

Mike nahm die Tüte mit beiden Händen in Empfang und versuchte einen Blick auf den Inhalt zu erhaschen. Eine Flasche *Crémant d'Alsace* glaubte er zu erkennen, alles andere war wegen der Hitze dick verpackt.

"Lassen Sie sich überraschen, ich kann auch ganz gut kochen..."

"Da sage ich nicht nein... aber vorher holen wir Ihr Auto... ist nämlich schon fertig..."

"Und was verlangt er dafür?"

"Keine Ahnung, das hat er mir nicht gesagt..."

Der kleine Japaner stand draußen auf einem numerierten Garagen-Parkplatz, als Mike und Hannah aus Mikes Van stiegen. Der Typ von der Garage war nirgends zu sehen, erschien aber plötzlich am Eingang der Werkstatt. Hannah trat einen Schritt auf ihn zu.

"Das ging ja viel schneller als erwartet... was bekommen Sie?"

Der Typ sah verwirrt von Hannah zu Mike und wieder zu Hannah.

"Für ein verschmortes Kabel? Daß ich nicht lache..."

Wie beim letzten Mal hatte er sich schon wieder umgedreht und eierte zu seinem Büro zurück.

"Mike soll mir ein paar Tüten vorbeibringen... der Schlüssel steckt..."

"Vielen Dank!"

Hannah drehte sich fragend zu Mike um, der unschuldig in die Luft starrte und mit den Schultern zuckte.

Sie mußte herzlich lachen.

Zum Essen saßen sie wieder draußen an dem uralten Klostertisch. Hannah hatte Riesengarnelen gebraten, mit Schalotten, Knoblauch, frischem Ingwer und Petersilie, dazu gab es Ruccola-Tomatensalat und französische Baguette. In den Gläsern perlte ein *Crémant d'Alsace*, wie Mike richtig geraten hatte. Diesmal war es Mike, der beeindruckt war.

"Wie in einem Luxusrestaurant, nur viel entspannter..."

Mike hob sein Glas und prostete Hannah zu.

Hannah tat es ihm gleich.

"Und jetzt lassen wir dieses alberne Sie..."

"Einverstanden..."

Mit einem hellen, silbrigen Klang stießen ihre Gläser aneinander, und für einen kurzen Augenblick, im leisen Nachhall des Echos in der abendlichen Stille des Innenhofs, fühlten sie sich einander so nahe, als würden sie sich wie durch einen geheimen Zauber schon ewig kennen. Schweigend, fast erschrocken aßen sie weiter, beide in Gedanken, beide nach den richtigen Worten suchend.

"Ist lange her, daß ich so mit einer Frau hier draußen saß..."

"Kaum vorstellbar, daß einer wie du ganz alleine lebt..."

"Na ja, ist halt ein bißchen einsam hier draußen... da kann man nicht einfach kurz in die Kneipe gehen und Freunde treffen..."

"Dich scheint das ja nicht so zu stören..."

Mike lachte verlegen.

"Da hast du recht... Frauen scheinen da anders..."

Hannah nahm einen Schluck und lächelte Mike zu.

"Nur nicht den Mut verlieren..."

Mike sah ihr in die Augen, und Hannah senkte rasch den Blick, sie spürten beide, daß sie drauf und dran waren, in etwas hineinzustolpern, das nicht mehr rückgängig zu machen war, es sei denn, sie wollten es so.

Hannah legte ihr Besteck auf den leeren Teller und lehnte sich zurück.

"Ich glaube, ich sollte früh schlafen gehen, jetzt, wo ich das Auto wiederhabe, will ich meine Sachen aus der Wohnung holen, je eher, desto besser..."

"Ich kann dir gerne helfen, wenn du willst..."

"Das ist lieb von dir, aber da muß ich alleine durch..."

Die Tage danach waren nicht einfach für Hannah, sie hatte sich vorgenommen, Pablo nochmal zur Rede zu stellen, doch dann war sie froh, ihm nicht zu begegnen, als sie ihre wenigen Habseligkeiten aus der Wohnung schaffte und damit einen Lebensabschnitt beendete, und an den Schichtwechsel im Café von vier Uhr nachmittags bis Mitternacht mußte sie sich auch erst wieder gewöhnen.

Mike machte seine Arbeit, versuchte die wechselnden Stimmungen Hannahs zu ergründen und ihr gleichzeitig zu signalisieren, daß er für sie da war, falls sie ihn brauchte. Hannah spürte sehr wohl seine unaufdringliche Aufmerksamkeit und war ihm sehr dankbar, daß er sie nicht bedrängte. Allmählich spielte sich wieder eine gewisse Routine ein, Hannah tauschte sich regelmäßig mit anderen Schauspielerinnen und Schauspielern aus und half Mike gelegentlich bei seiner Arbeit oder kaufte für sie beide ein, doch durch ihre neue Arbeitszeit im Café fiel ihr gemeinsames Abendessen bis auf weiteres aus. Dennoch spürten beide, wie sich zwischen ihnen etwas veränderte, sie fühlten sich wohl, wenn sie zusammen waren, auch wenn sie nicht viel miteinander sprachen, ganz so, als ob um sie herum ein unsichtbarer Kokon gesponnen würde.

Und so verwunderte es nicht, daß Hannah, als sie an einem der folgenden Tage nach der Arbeit im Café nach Hause kam, leise die Tür zu Mikes Schlafzimmer öffnete und zu ihm ins Bett schlüpfte. Mike schien nicht sonderlich überrascht, legte sachte einen Arm um Hannahs Schulter und zog sie eng an sich. Lange blieben sie so liegen, atmeten ruhig ein und aus, bis Mike sich zu ihr hinüberbeugte, ihren Mund suchte und sie leidenschaftlich zu küssen begann. Ihre Körper verschmolzen in einer innigen Umarmung, und als sich ihre aufgestaute Erregung endlich entlud, waren sie bis zur Landstraße zu hören.

Die nächsten Tage verliefen so, als seien sie schon immer zusammen gewesen, nur daß beide jetzt in der Gewißheit lebten, einen Gefährten, eine Gefährtin gefunden zu haben, die absolut passende Ergänzung zum eigenen Ich. Es war ein durch und durch atavistisches Gefühl, fast unheimlich in dieser Unbedingtheit. Sogar Cooper spürte die Veränderung, wenn er wieder einmal mit einer Fuhre Gerümpel vorbeikam. Scheu spähte er nach Hannah und starrte Mike voller Bewunderung an.

Die einzige Unruhe, die ihre Idylle trübte, war Hannahs rastlose Suche nach einem Engagement, sie wäre jetzt auch bereit gewesen, an einem Theater zu spielen. Nach einem Hinweis einer Freundin stieß sie im Internet auf eine kanadische Filmproduktion in Toronto, die für die Besetzung ihrer Projekte laufend neue Gesichter suchte, auch außerhalb Kanadas und der USA. Klickte man auf die Filme, die sie herausgebracht hatte, B-Pictures und Fernsehfilme für den internationalen Markt, fand man tatsächlich überdurchschnittlich viele ausländische Namen von Darstellerinnen und Darstellern, die nicht in Kanada oder den USA geboren waren. Die Website hatte einen Button, über den man sich direkt an das Besetzungsbüro wenden konnte. Wer sich für ein Engagement in dem Actionfilm *Dirty Streets* interessierte, konnte seine Bewerbungsunterlagen schicken und hatte die Chance, zu Probeaufnahmen eingeladen zu werden.

Aufgeregt erzählte Hannah Mike von dieser Entdeckung, und Mike mußte sich sehr anstrengen,

Freude zu zeigen, denn das bedeutete ja im Erfolgsfall, daß sie für längere Zeit getrennt waren. Hannah intensivierte den Kontakt und bekam schon bald ein positives Feedback. Sie gehörte zu den Auserwählten, die die Produktion gerne testen würde. Den Aufenthalt organisierte die Firma, allerdings mußten die Bewerber selber dafür aufkommen, ebenso für den Hinflug. Um sicherzugehen, daß die Bewerber die Mittel dazu hatten, auch für den Rückflug, sollten sie 3.500 € auf einem Konto hinterlegen, die sie sofort ausbezahlt bekämen, sobald sie in Toronto angekommen waren.

Hannah war Feuer und Flamme. Sie störte sich nicht an den Bedingungen, sie schienen ihr plausibel, und sie konnte es sich locker leisten. In Abstimmung mit dem Casting überwies sie das Geld auf ein Sperrkonto und buchte einen Flug, der in drei Wochen stattfinden sollte. Mike war erleichtert, daß sie noch so viel Zeit miteinander verbringen konnten, und freute sich aufrichtig über Hannahs unbändige Zuversicht.

Jeder folgende Tag war anders, aber im Kern immer gleich. Hannah hatte abermals Schichtwechsel im Café, sodaß sie abends wieder zusammen essen konnten, und ihnen schien, daß ein Wunsch in Erfüllung ging, den alle Menschen träumen, daß in einer Phase höchsten Glücks die Zeit stehenblieb.

Hannah verausgabte sich im Fitneßstudio und joggte auf dem Gelände um Mikes Werkstatt herum, bei den Probeaufnahmen wollte sie in bester körperlicher Verfassung sein. Mike nahm sich die Biedermeierkommode vor, die große Konzentration erforderte und ihn ablenken sollte von dem nahenden Abschied.

Die letzten Tage vor Hannahs Abflug verbrachten sie fast schweigend, durchdrungen von Dankbarkeit für das Geschenk ihrer tiefen Verbundenheit, aber auch in leisem Grauen bei der Vorstellung, daß diese begnadete Zeit abrupt enden sollte, auch wenn ihnen klar war, daß dieser Zustand nicht ewig andauern konnte.

Mike brachte Hannah, die nur wenig Gepäck dabei hatte, mit seinem Van zum Flughafen. Bevor Hannah hinter den Absperrungen zur Paß- und Sicherheitskontrolle verschwand, verschmolzen sie noch einmal in einem langen Kuß, danach war es für beide, als tauchten sie aus einem warmen Tümpel unendlich langsam an die Oberfläche eines Eismeers auf.

Als der Flieger um elf Uhr vormittags endlich auf dem Toronto Pearson International Airport landete, hatte Hannah keinen Blick für die neue Welt. Sie packte ihren Rucksack, schickte Mike eine SMS, daß sie gut angekommen war, entschied sich für ein Taxi, auch wenn es sündhaft teuer war, und nannte dem Fahrer die Adresse der Filmproduktion. Der Fahrer, ein asiatisch-stämmiger junger Mann, der sofort großen Optimismus versprühte, schien die Adresse zu kennen, schwärmte von den kanadischen Filmen, die

Hollywood bald den Rang ablaufen würden, und begann Hannah unverhohlen auszufragen. Hannah ließ sich von seiner Begeisterung mitreißen, achtete aber gleichzeitig darauf, ihre Konzentration zu hochzuhalten.

Die Hochhäuser der Innenstadt flogen vorbei, der *Canadian National Tower*, von dem Hannah durch das Autofenster nur ein Stück des hochaufragenden Torsos sah, und die mächtige Kuppel des *Rogers Centre*, dann kamen sie in den östlichen Teil Torontos, in eine Gegend nahe am Ufer des Ontario-Sees, in der die Häuser allmählich wieder europäische Ausmaße annahmen.

Die Büros und Produktionshallen der *Toronto Golden Maple Leafs Production* bestanden offenbar schon lange, was man an einzelnen, neueren Gebäuden erkennen konnte, die über das ganze Gelände verstreut waren.

Das Taxi brachte Hannah ohne Umwege zum Haupteingang, und der Fahrer wünschte Hannah mit großer Emphase "good luck". Da war sie nun, das große Abenteuer konnte beginnen.

Der Mann am Empfang thronte in einer Art gläserner Raumkapsel, seine sonore, geschäftsmäßige Stimme wurde über einen Lautsprecher nach außen übertragen, als er Hannah den Weg zum Besetzungsbüro erklärte, dann starrte er wieder auf seine Monitore.

Hannahs Herz klopfte wild, als sie durch die langen Flure eilte, die zwar bunt bemalt und gut beschildert, aber dennoch so unpersönlich wie in allen Bürogebäuden waren.

Vor dem Casting-Büro holte sie tief Luft, klopfte kurz an und trat beherzt ein. Der Raum, den sie betrat, war offensichtlich nur das Sekretariat, eine nur mäßig gestylte Frau um die vierzig saß hinter einem Schreibtisch an einem Computer und sah auf, als Hannah eintrat. Hannah legte ihren Rucksack ab und versuchte souverän und entspannt zu wirken. Sie stellte sich vor, berichtete in kurzen Worten, warum sie hier war, und überreichte der Frau, die sich Emily nannte, Screenshots von ihrer Bewerbungskorrespondenz.

Emily blätterte die bunten Blätter stirnrunzelnd durch und bat Hannah zwischendurch, Platz zu nehmen. Nachdem sie die Unterlagen schließlich mehrfach kopfschüttelnd gelesen hatte, legte sie sie unvermittelt beiseite und lehnte sich mit ernstem Gesicht zurück. Die gute Nachricht, sagte sie endlich, sei die Tatsache, daß es Hannah nach ihrer Einschätzung, doch sie sei ja nur die Assistentin, tatsächlich verdiene, daß ihre Fähigkeiten als Schauspielerin näher geprüft würden, die schlechte Nachricht, daß der gesamte E-Mail-Verkehr nicht aus diesem Büro stamme, Hannah sei nicht die erste, die auf so etwas hereingefallen sei.

Hannah, die zuerst dachte, falsch verstanden zu haben, hatte das Gefühl, ins Bodenlose zu fallen, als Emily vor ihr behutsam die ganze Wahrheit ausbreitete. Viele Betrüger benützten offenbar das Logo renommierter Filmfirmen, die davon nichts wußten, um aus aller Welt junge Menschen anzulocken, die sich wie Hannah eine Karriere in der Filmbranche erhofften, hatten es aber nur auf ihr Geld abgesehen.

Emily reichte Hannah das Blatt mit den Telefonnummern, die sie sich aufgeschrieben hatte, und Hannah wählte nach einigem Zögern die Nummer, unter der sie mehrmals mit dem "Vermittler" telefoniert hatte, doch diese Nummer existierte nicht mehr. Währenddessen gab Emily die Internet-Adresse in den Computer ein, die Hannah verwendet hatte, und auch diese Seite war verschwunden.

Mit der Atemtechnik, die Hannah im Schauspielunterricht gelernt hatte, gelang es ihr, einen drohenden Zusammenbruch abzuwenden, und allmählich kehrten ihre Lebensgeister wieder zurück. Emily war sehr verständnisvoll, sie nahm Hannahs Bewerbungsstick entgegen, nannte ihr die Adresse eines preiswerten Hotels ganz in der Nähe, schenkte ihr Firmengutscheine, die sie dort bei der Bezahlung ihres Zimmers einlösen konnte, und versicherte ihr, daß sie sich jederzeit an sie wenden könne. Zum Schluß gab es sogar eine innige Umarmung.

Das *Ontario Inn* war ein schmuckloser, zehnstöckiger Bau aus den Siebzigerjahren des letzten Jahrhunderts und wirkte auch im Innenbereich reichlich heruntergekommen.

Hannah betrat die weiträumige Lobby und war verblüfft über das rege Kommen und Gehen, das dort herrschte. Sie setzte sich auf eine der plüschigen, durchgesessenen Bänke und sah sich erstmal in Ruhe um. Viele Menschen, die keine Gäste waren, schienen die Lobby als Ruheraum zu benützen, auch offensichtlich Obdachlose, und Hannah wurde Zeuge, wie Angestellte einen Farbigen diskret hinauskomplimentierten, der es sich mit seinem Sack voller Lumpen ganz hinten in einer Ecke gerade bequem machen wollte.

Hannah wandte sich schaudernd ab, und ihr Blick fiel auf eine junge, blonde Frau mit Pferdeschwanz, die schräg gegenüber auf einem Sessel kauerte, einen prall gefüllten Rucksack vor sich auf dem Boden. Es sah aus, als ob sie schlief oder einfach ihre Ruhe haben wollte, doch ihre zuckenden Schultern verrieten, daß sie heftig weinte.

Hannah erhob sich, griff nach ihrem eigenen Rucksack, ließ sich neben ihr auf einem Sessel nieder und faßte sie leicht am Arm. Die junge Frau schreckte hoch, starrte Hannah kurz an und schluchzte weiter, beruhigte sich aber allmählich. Sie schneuzte sich, wischte sich die Augen aus, setzte sich gerade hin und starrte auf den Boden. Hannah sprach sie leise an, nannte ihren Namen und fragte sie, was los sei. Die junge Frau sah mehrmals hoch und musterte Hannah mißtrauisch, dann sagte sie mit ersterbender Stimme ihren Namen, Sally. Hannah erzählte ihr, was ihr widerfahren war, und Sally belebte sich plötzlich, sie hatte genau das gleiche erlebt.

Sie kam aus einem kleinen Ort im mittleren Westen der USA und war noch nie in einer Großstadt gewesen. Hannah fragte sie, ob sie zusammen ein Zimmer nehmen wollten, das käme sie billiger. Sie werde eine Weile hier bleiben und das beste daraus machen, auch wenn sie noch nicht wußte, was das bedeutete. Einfach aufgeben und zurückfliegen komme für sie nicht in Betracht. Sally sah Hannah dankbar an und willigte sofort ein.

Oben im schäbigen Zimmer im achten Stock, das nach Putzmitteln und feuchtem Teppichboden roch, lief im einzigen empfangbaren Fernsehprogramm ein Video von *The Stooges*, *I Wanna Be Your Dog*. Hannah stand am Fenster, während Sally duschte, und sah auf den unbewegten Ontario-See hinaus, das Handy unschlüssig in der Hand.

Mike hatte die Biedermeier-Kommode, an der er gerade den fehlenden Fuß festgeleimt hatte, zurück in die Werkstatt gebracht, trat nochmal hinaus auf den Hof und blickte nach Süden, in die Richtung, nach der sich sein U-förmiges Anwesen öffnete.

Die Bauarbeiten am Autobahnzubringer waren beendet, seit heute nachmittag schlängelten sich die Fahrzeuge von der Landstraße in einem halbkreisförmigen Bogen pausenlos an ihm vorbei, und auch wenn die Straße etwa dreihundert Meter entfernt und das Rauschen nur einen Tick lauter als das von der Autobahn war, wirkte sie, als hätte man ihm eine Schlinge um den Hals gelegt. Noch war die Nacht nicht ganz hereingebrochen, und die Autos, deren Scheinwerfer wie Glühwürmchen in der Dunkelheit tanzten, erzeugten eine Unruhe, die ihn lähmte.

Mike wollte sich gerade umdrehen und wieder hineingehen, als sein Handy klingelte. Es war Hannah.

"Hannah? Endlich! Wie geht es dir?"

"Soweit ganz gut, war ganz schön anstrengend meine Reise..."

"Und? Wann seh' ich dich auf der Titelseite?"

"Das dauert noch, aber alles läuft nach Plan... ich wünschte, ich könnte mich zum Essen an deinen Klostertisch beamen und danach... du weißt schon..."

"Ja, das wünsch' ich mir auch... ruf mich an, wann immer du willst..."

"Denk' an mich, das gibt mir Kraft, du fehlst mir sehr..."

Hannah unterbrach die Verbindung und spürte im gleichen Augenblick, wie sie ohnmächtig wurde. Sally, die gerade aus der Dusche kam, kniete sich neben ihr nieder, sah nach, ob sie sich verletzt hatte, breitete eine fleckige Decke über sie und blieb still neben ihr sitzen.

Mike, der sich zum zweiten Mal umdrehen wollte, um ins Haus zu gehen, sah, wie Coopers Pick-up in den Hof fuhr, eine Runde drehte und ohne seine üblichen Mätzchen neben ihm hielt. Cooper sah eine Weile forschend aus der Fahrerkabine, dann stieg er aus, stellte sich neben Mike und legte ihm sachte eine seiner Pranken auf die Schulter.

"Ist nicht mehr so wie früher... und deine Freundin ist auch weg..."

Mike sah Cooper überrascht an.

"Woher weißt du das?"

"Cooper ist vielleicht dumm, aber nicht blind und gefühllos..."

Mike mußte sich beherrschen, daß ihm nicht die Tränen kamen.

"Das ist kein Grund, mir dauernd Müll anzukarren..."

Cooper klopfte Mike gutmütig auf den Rücken und ging zu seinem Pick-up zurück.

"Beeil' dich mit der Biedermeier-Kommode, Cooper braucht Geld..."

Der Pick-up holperte aus dem Hof und fuhr auf dem Feldweg zur Landstraße zurück.

Langsam ließ sich Mike zu Boden sinken, streckte sich auf dem Rücken aus und starrte blicklos in den funkelnden Sternenhimmel.

DIESES JÄHE VERSTUMMEN

Es war das erste Mal, daß Arved und Claire zusammen verreisten, und überhaupt das erste Mal, daß sie ohne ihre Clique von der Uni so lange ununterbrochen zusammen waren.

Den Tip für Sardinien hatte Arved von einem Onkel, der in den frühen siebziger Jahren des vergangenen Jahrhunderts in einer kleinen Bucht bei San Teodoro den Sommer verbracht hatte. Ein Mädchen, in das der Onkel schwer verliebt war, die ihrerseits erfolglos einen Freund von ihm anhimmelte, kannte flüchtig einen überspannten, schwerreichen, deutschen Landbesitzer, der vorzugsweise in der größten Mittagshitze auf einem Schimmel an seinem Strand entlang galoppierte, der gesäumt war von ein paar luxuriösen, kegelförmigen, sandfarbenen Bungalows, die sich harmonisch in die Landschaft einfügten und die er teuer vermietete. Der Onkel selbst und seine Freunde hausten in einem der alten, von den Einheimischen verlassenen Bauernhäuser, die auch dem Deutschen gehörten, und widmeten sich mit Hingabe ihrem sich immer schneller drehenden Liebeskarussell. Später wurde der Millionär von der Mafia entführt, und als die Familie zu lange um das Lösegeld feilschte, in Einzelteilen vor deren Villa abgeladen.

Als Claire und Arved dreißig Jahre später in dessen klapprigem Fiat in Olbia von der Fähre rollten, fanden sie die Bungalows zwar in einem etwas heruntergekommenen Zustand vor, und anstelle der alten Bauernhäuser standen schmucklose Ferienwohnungen, dennoch wirkte die Bucht nicht zugebaut und hatte noch immer etwas von ihrem alten Zauber. Die Bungalows verfügten alle über ein Schlafzimmer, ein Bad und einen großen Wohnraum mit integrierter Küche, dessen bodentiefe Glasschiebetür sich auf eine uneinsehbare Terrasse mit Blick auf die Bucht öffnete. Sogar elektrische Leitungen waren inzwischen gelegt worden.

Arved und Claire waren diese neue Intimität nicht gewohnt. Wenn sie mit ihren Freunden unterwegs waren, suchten sie zwar sofort die Nähe des jeweils anderen, doch irgendwie hatten sie es bisher vermieden, sich allein zu treffen. Arved fühlte sich auf rätselhafte Weise angezogen von Claires schmaler Gestalt, ihrer marmorweißen Haut und ihren dunkelblauen Augen, die meist etwas spöttisch oder melancholisch blickten und oft unerwartet hinter einer ihrer roten Haarsträhnen verschwanden, die ihr plötzlich ins Gesicht fielen. Es war ihm dann, als ob er ins Rutschen geriete und in etwas eintauchte, das ihm den Atem benahm, doch ohne dabei Furcht zu empfinden. Er konnte mit ihr über alles reden, und auch wenn sie kaum oder gar nicht antwortete, hatte er das Gefühl, verstanden zu werden. Sie wirkte zerbrechlich und weckte vor allem dann seine Sinnlichkeit, wenn ihn der Duft ihres herben, dunklen Par-

füms anwehte.

Die Frauen, die Arved bisher kennengelernt hat-te, waren ganz anders gewesen, er hatte sich von sei-nem Begehren leiten lassen und in erster Linie sexu-elle Abenteuer gesucht. Diese Unverbindlichkeit kam ihm lange gelegen, bis er Claire kennenlernte und ihm seine Oberflächlichkeit auf einmal schal vor-kam, dennoch hätte er nicht sagen können, was ihn daran hinderte, sie mit der gleichen Unverblümtheit ins Bett zu locken. Sie war zart und feminin, und ihr blasses, herzförmiges Gesicht mit den großen Augen und den vollen Lippen strahlte durchaus eine sinnli-che Verlockung aus, doch es war etwas in ihrem We-sen, das ihn zögern ließ, eine schützende Aura, die es erst zu überwinden galt, bevor er Zugang zu ihr fand. Deshalb kam er auf die Idee, sie zu einem ge-meinsamen Urlaub zu überreden, und zu seiner Überraschung hatte sie ohne zu zögern Ja gesagt, obwohl ihr klar war, daß der Bungalow nur ein Schlafzimmer hatte.

Die beschwerliche Fahrt über die Alpen, das um-ständliche Manövrieren auf der Fähre und die unru-hige Überfahrt waren kräftezehrend gewesen, doch Claire und Arved waren jung und erholten sich schnell von den Strapazen.

Die ersten Tage verbrachten sie damit, sich zu-rechtzufinden und einzurichten, dann packten sie ihre Bücher aus, lagen in der Sonne und schwammen in dem türkisfarbenen, kristallklaren Wasser in der Bucht, nachts schliefen sie züchtig nebeneinander in ihren Schlafsäcken auf dem breiten Bett, nachdem sie sich zuvor gegenseitig höflich den Vortritt im Bad angeboten hatten und dann diskret im Wohnzimmer warteten, bis beide mit ihren Verrichtungen für die Nacht fertig waren.

Sie kauften nur fürs Frühstück ein und gingen abends meistens zu Fuß in eine nahe gelegene Osteria zum Essen, wo es einfache, aber immer frisch zubereitete Mahlzeiten gab, mit viel Gemüse, Fisch und selbst hergestellten Teigwaren. Dazu gab es kräftigen, einheimischen, weißen und roten Wein, an dem Claire nur nippte, sodaß sich Arved genötigt sah, sich ebenfalls zurückzuhalten.

So gingen die Tage dahin, und beide spürten, daß etwas geschehen mußte, wollten sie ihre Beziehung auf ein neues Gleis stellen - wozu waren sie denn sonst hierhergekommen? -, und wurden dabei immer befangener, ohne ihren heiteren Konversationston aufzugeben.

Es war Arved, der sich eines Nachts ein Herz nahm und den Anfang machte, er konnte nicht einschlafen und hatte das Empfinden, daß auch Claire wachlag. Sachte rutschte er in seinem Schlafsack zu ihr hinüber und öffnete, als sie nicht von ihm wegrückte, zuerst seinen, dann ihren Reißverschluß, und klappte die beiden Schlafsäcke auseinander. In dem schummrigen Mondlicht, das durch die weißen Tüllvorhänge fiel, stellte er zu seiner Verwunderung fest, daß sie nackt war, nachdem er sie die Tage zuvor immer in ihrem übergroßen T-Shirt hatte ins Schlaf-

zimmer huschen sehen, ganz so, als ob sie geahnt hätte, was jetzt geschehen würde.

Arved ging sehr behutsam vor, und Claire ließ ihn gewähren, ohne ihm entgegenzukommen. Er küßte sie sanft und dann fordernder auf den Mund, Claire erwiderte den Kuß, zurückhaltend, abwartend, was Arved weiter tun würde. Arved ließ seine Hand geduldig über ihren Körper gleiten, forschend, tastend, bis sich ihre Schenkel öffneten, dann sank er in sie hinein und bewegte sich erst langsam, kreisend in ihr, bis Claire mit einem leisen Stöhnen ihren Mund öffnete, stieß dann immer heftiger zu, sorgsam auf ihre Reaktionen achtend, und kam mit einem lauten Schrei, als er spürte, wie sie sich aufbäumte und gleich darauf schlaff auf den Rücken fiel. Als sie beide wieder ruhig atmeten, zog sich Arved zurück und blieb neben Claire auf dem Rücken liegen. Keiner sprach ein Wort, und beide schliefen fast gleichzeitig ein.

Am nächsten Morgen erwachte Arved als erster und zog sich geräuschlos ins Bad zurück. Er sah an sich hinunter und stellte erschrocken fest, daß sein Geschlecht und seine Oberschenkel voller Blut waren. Claire war noch Jungfrau gewesen! Er duschte hastig und schlich zu Claire ins Schlafzimmer zurück. Sie wachte auf und küßte ihn lächelnd auf den Mund, dann verschwand sie im Bad zu einer ausgiebigen Morgentoilette und kam erst wieder zurück, als das Frühstück fertig war. Sie war so freundlich und scheinbar unbefangen wie immer, als hätte es die vergangene Nacht nicht gegeben, aber sie war innerlich verstummt, und Arved traute sich nicht, an dieser glatten Fassade zu kratzen.

Auch die Tage danach war Claire unverändert, und als sie wieder nach Hause fuhren, fühlte sich Arved wie ein Verbrecher, den man damit quälte, daß man ihn die Schwere seines Vergehens fühlen ließ, ohne ihn offen anzuklagen.

Claire und Arved sahen sich noch ein paarmal mit ihrer Clique, ohne sich auszusprechen, und alle rätselten, was im Urlaub wohl schiefgelaufen war. Erst als Arved Martina kennenlernte, die als Studentin in einem der Lokale kellnerte, die er neuerdings frequentierte, löste sich allmählich die Starre von seinem Wesen.

Die Jalousien in seinem Büro waren heruntergelassen, und die Fenster standen offen an diesem heißen, gleißend hellen Sommertag. Mit jeder Faser seines Körpers zog es Arved ins Freie, unter einen schattigen Baum an einem Gewässer, mit einem Buch in der Hand oder einfach nur zum Verweilen, stattdessen stand ihm wieder einmal ein unerquickliches Gespräch über ein Filmprojekt bevor, an dem er sich auf keinen Fall beteiligen wollte. Den Abschlußfilm des jungen Mannes, Manuel, hatte er gegen den Widerstand seines Abteilungsleiters, der das Vorhaben zu deprimierend fand, noch durchgeboxt, die anrührende Geschichte eines vereinsamten Mannes, der sich als Polizist ausgab und auf diese Weise Kontakt zu alleinstehenden Frauen herzustellen hoffte.

Was jetzt auf ihn zukam, klang nach einem blut-leeren, hirnlosen, aller anarchischen Elemente be-raubten Klon eines erfolgreichen amerikanischen Ki-nofilms – ein störrischer Opa mußte sich plötzlich um seinen Enkel kümmern, und Arved wußte auch schon, wer das spielen sollte und wie -, von einem unterwürfigen Produzenten ausgedacht, den einzig und allein die Sorge umtrieb, ja nicht die treuen Zu-schauer seines Senders zur *prime time* zu vergraulen.

Es klopfte an die Tür, und Arved erhob sich seuf-zend, um Manuel einzulassen.

"Hallo, Manuel, kommen Sie rein... ist eine Weile her, seit wir uns zum letzten Mal gesehen haben..."

"Stimmt... ich glaube, das war bei der Abnahme meines Abschlußfilms..."

Arved fiel das unsichere Lächeln seines Besu-chers auf und auch seine leicht gebückte Haltung.

"Kann ich Ihnen etwas anbieten? Kaffee? Tee? Wasser?"

Manuel warf einen raschen Blick auf den Glas-tisch in der Sitzecke und sah dort eine Flasche Was-ser mit zwei Gläsern stehen.

"Ein Wasser vielleicht... vielen Dank."

"Bitte, nehmen Sie doch Platz..."

Mit einem Anflug von Boshaftigkeit platzierte Arved seinen Gast so, daß das Licht vom Fenster auf ihn fiel und bei jeder Bewegung das Muster der Ja-lousie über sein Gesicht lief, er selber saß im Schatten, goß ihnen beiden ein Glas Wasser ein und versteckte sich hinter einer nachdenklichen, verantwortungsbewußten Miene.

"Ich erinnere mich gern an unsere Gespräche... am Ende war es nicht leicht, Ihr Projekt gegen den Widerstand von oben durchzusetzen..."

Manuel belebte sich und beugte sich etwas vor.

"Ja, ich weiß noch... zu düster, zu destruktiv... als ob man die Menschen auf Knopfdruck optimieren könnte..."

Arved hatte Manuel als ernsthaften, besessenen Cineasten kennengelernt, dessen Lieblingsfilme Psychothriller waren, jetzt brachte der arme Junge dieses Machwerk mit, von dem er genau wußte, was Arved davon hielt, und saß ihm als Bittsteller gegenüber. Was zum Teufel erwartete er von ihm?

"Nun, Sie haben ja jetzt den Sprung gemacht vom Kinderschwimmbad ins Haifischbecken... mit einem Stoff, den ich von Ihnen ehrlich gesagt nicht erwartet hätte..."

Manuel bewegte sich unruhig auf seinem Sessel, sodaß die Sonnenstrahlen, die schräg durch die Jalousie fielen, wieder wie Zebrastreifen über sein Gesicht tanzten.

"Zwei Psychothriller wurden von der Drehbuchförderung abgelehnt, dann bot mir Frohberg diese Komödie an..."

"Haben Sie noch Einfluß auf das Script?"

"Die Filmförderung hat es abgenommen... falls ich die Regie gut hinkriege, kann ich vielleicht irgendwann meinen eigenen Film drehen..."

Arved schüttelte ratlos den Kopf und nahm einen Schluck aus seinem Wasserglas.

"Lieber Manuel, glauben Sie ernsthaft, daß Sie hierzulande jemals die Chance haben, einen Genrefilm zu realisieren? Sollten Sie als Regisseur Erfolg haben, gibt man Ihnen einfach die nächste Plotte..."

Manuel biß die Zähne zusammen und blitzte Arved wütend an.

"Solange jemand an mich glaubt..."

Arved lehnte sich zurück und versuchte ruhig zu bleiben.

"Bei Ihrem Abschlußfilm habe ich als einziger an Sie geglaubt, wir kämpften beide auf der gleichen Seite, mit einem Drehbuch, das es wert war, und wir haben zum Glück gewonnen... aber diesmal..."

"Ich weiß, daß das Drehbuch Schrott ist, aber ich brauche den Film als Sprungbrett..."

Erschrocken faßte Arved den jungen Mann genauer ins Auge, er traute seinen Ohren nicht.

"In unseren Gesprächen haben Sie mit verzeihlicher jugendlicher Arroganz das Ende der lähmenden, wie Sie es nannten, "Kinodemenz" herbeiargumentiert, und jetzt flehen Sie mich an, ein indiskutables Drehbuch abzusegnen, bloß damit Sie einen Regiejob ergattern?"

"Gibt es einen anderen Weg?"

Arved richtete sich auf und sah Manuel direkt in die Augen.

"Hören Sie, ich habe Kollegen, die Unterhaltung etwas großzügiger definieren als ich und sich unbedingt mit einem Kinofilm schmücken wollen, denen werde ich Sie empfehlen, ich sage Ihnen so bald wie möglich Bescheid... einverstanden?"

"Einverstanden..."

Stille legte sich auf das Büro, dann von irgendwoher das Knattern eines Motorrads, das gestartet wurde. Manuel stand müde auf, auch Arved erhob sich.

"Es tut mir aufrichtig leid, aber nach all unseren Debatten, was Kino bedeutet, auch wenn das noch in der Schonzeit Ihrer Ausbildung war, kann ich bei diesem Projekt nicht einfach über meinen Schatten springen, ich hoffe, Sie verstehen das..."

Sie gaben sich die Hand, und Manuels Blick beim Abschied drückte aus, was er im Gespräch zurückgehalten hatte, seine Enttäuschung, seine Erwartung von mehr, und Arved fragte sich wieder einmal, ob seine Rigidität nicht in erster Linie seiner eigenen Unzufriedenheit entsprang, diesem vermeintlichen oder tatsächlichen Mangel an Intensität, an euphorischen Momenten in seinem Leben.

Martina hatte den Tisch auf dem Balkon gedeckt, von dem aus man den geräumigen Innenhof überblickte. Das Geschrei spielender Kinder schallte nach oben, und die Sonne versank allmählich hinter den Dächern, ohne daß die Hitze merklich nachließ.

Arved schloß die Wohnungstür hinter sich und sah zu, wie seine Frau, die ihn nicht hatte kommen hören, einen Weinkühler mit einer geöffneten Flasche Weißwein nach draußen trug. Wie immer, wenn er sie eine Weile nicht gesehen hatte, staunte er darüber, wie geschmeidig ihre Bewegungen waren, mit welcher Freude und Konzentration sie den alltäglichsten Verrichtungen nachging, und ein Gefühl der Rührung übermannte ihn, aber auch ein leises Unbehagen, weil er nicht so war wie sie.

Arved trat ins Wohnzimmer und umarmte seine Frau, die gerade vom Balkon zurück kam. Sie löste sich rasch von ihm und betrachtete ihn ernst und forschend aus ihren dunklen Augen.

"Du bist ganz schön verschwitzt... beeil' dich, wenn du duschen willst, es gibt Seezunge, hab' ich heute ganz frisch bekommen..."

Martina eilte weiter in die Küche, und Arved, abrupt der Umarmung entrissen, kam sich vor wie ein Bär, der auf dem Weg zu seiner Höhle die Orientierung verloren hat.

Es gab Tomatensalat mit Minze, frisches Weißbrot, das Martina selbst buk, und zarte Seezungenfilets mit einem Hauch von überbackenem Parmesan, dazu einen *Chasselas* von einem Winzer am Genfer See, bei dem sie einmal ihren Urlaub verbracht hatten. Es war ein Essen ganz nach Arveds Geschmack, bei dem er für eine Weile die Banalitäten und Ärgernisse des Alltags vergaß. Martina sah ihren Mann aufmerksam an, Arved sah auf, lächelte ihr zu und nickte beifällig.

"Wie du das immer wieder hinkriegst, unglaublich... ein Gedicht... aber so machst du dich selber zur Gefangenen... warum sollten wir essen gehen, wenn du das so viel besser kannst?"

Martina hörte das nicht zum ersten Mal, eigentlich brauchte sie die Bestätigung nicht, es war ein Ritual, aber eines, das sich jedes Mal aus einem anderen Anlaß erneuerte. Für sie waren diese Dinge selbstverständlich, sie gehörten zum Leben, sie hatte nie das Gefühl, etwas Überflüssiges oder Lästiges zu tun.

Arved nahm einen Schluck von dem Wein, atmete tief durch und sah nachdenklich in die Ferne. Unwillkürlich überfiel ihn die Erinnerung an das Gespräch im Büro, und der wolkenlose Sommertag, das feine Essen und der fruchtigzarte Wein schienen plötzlich in eine ferne Welt gerückt.

Martina bemerkte sofort den Stimmungsumschwung ihres Mannes.

"Ärger im Büro?"

Arved, erleichtert, daß seine Frau ohne Worte seine Befindlichkeit erahnte, aber erschrocken, daß er so leicht zu durchschauen war, versuchte sich lässig zu geben.

"Das Übliche. Junge Leute, die glauben, die Welt gehört ihnen, aber keine Kraft oder keinen Mut haben, sich mit ihren Stoffen gegen die Angsthasen in den Fördergremien durchzusetzen, und Produzenten, die in Wahrheit nur Buchhalter sind..."

Martina faßte ihren Mann sachte am Arm.

"Arved, du sagst doch selbst, das ist seit Jahren so..."

"Kein Grund, das einfach hinzunehmen..."

Martina lag noch wach, als Arved endlich ins Bett schlüpfte. Sie spürte, wie er sich herumwälzte und keine Stellung fand, um einzuschlafen. Dann war er plötzlich über ihr und drang von hinten jäh in sie ein, wortlos, stöhnend, mit verzweifelten Stößen. Sie ließ ihn gewähren, brauchte aber lange, um Ruhe zu finden.

Der Tag versprach wieder genauso heiß und trocken zu werden wie die ganze Woche schon, als Arved in seinem Auto die Stadtgrenze verließ. Auf seinem Navi hatte er die Adresse einer Villa in einem kleinen Kaff programmiert, dort drehte Ruby, eine neuseeländische Filmstudentin, als Abschluß einen Splatterfilm. In ihrer Heimat betrieben ihre Eltern ein Hummer-Restaurant, und schon als Kind konnte sie kaum mitansehen, wie die armen Tiere im kochenden Wasser qualvoll ihr Leben aushauchten. Nach Fukushima kam ihr dann die Idee, daß atomar verseuchte Killer-Hummer, ihre Scheren zu Mordinstrumenten mutiert, massenhaft über die Menschen herfielen. An diesem Projekt hatte Arved nicht nur der Mut zum Genrefilm gefallen, sondern mehr noch die Kühnheit, einen Großteil des Films in einem Trickstudio herzustellen, das wagemutige Idealisten gerade am Aufbauen waren. Um sich an diesem Vorhaben beteiligen zu können, hatte Arved monatelang mit seinem Sender gerungen und mit inhaltlichen Subtilitäten argumentiert, die nur in seiner Vorstellung existierten, da er genau wußte, daß die da oben nur auf diesem Ohr empfänglich waren, Experimente jeglicher Art waren ihnen ein Greuel.

Die sonore Frauenstimme seines Navis schickte Arved auf einen Feldweg, an dessen Ende eine einsame Villa stand, hinter der die Fahrzeuge der Filmcrew kreuz und quer parkten. Arved holperte gemächlich weiter und stellte sein Auto in einiger Entfernung ab. Er liebte es, beim Drehen zuzuschauen, empfand sich selber aber nach vollendeter Arbeit am Drehbuch immer als unerwünschten Gast, und so hatte sich im Lauf der Jahre eine Art wortloses Einverständnis herausgebildet, daß er nicht angesprochen werden wollte und selbst nur mit Teammitgliedern sprach, die nicht unmittelbar am Set beschäftigt waren. Er umkreiste dann den Schauplatz, saugte die Atmosphäre beim Drehen in sich ein und versuchte sich anhand der Konzentration der Schauspieler und des Teams ein Bild zu machen, ob der fertige Film etwas werden konnte.

Im Augenblick schien gerade Drehpause zu sein, die jungen Leute des Filmteams lümmelten unter einem improvisierten Zeltdach und warteten auf Anweisungen. Immer wieder stieg über der Villa eine Drohne auf, die mit einer Kamera bestückt war und sturzflugartig auf die offenen Fenster zuraste. Arved ging um die das alte Haus herum, vor dessen Eingang Folien ausgebreitet waren, vermutlich im Zusammenhang mit den Trickarbeiten. An zwei Eisenschienen, weit oberhalb des Eingangs in der Mauer verankert, die sich bis zu einem etwa zehn Meter entfernten Gerüst spannten, hing auf Hüfthöhe ein Gestell mit einem Klappsitz und einer Kamera davor, die auf einem Stativ befestigt war. Vor der Linse waren Miniatur-Killerhummern montiert, deren tödliche Scheren sich elektrisch bewegen ließen. Aus dem Drehbuch wußte er, daß das Haus direkt am Meer lag und in der Titelsequenz urplötzlich von den mutierten Killerhummern attackiert wurde.

Arved wandte sich an einen jungen Mann, der eben mit einem Sechserpack kühlen Wassers auf den Hintereingang der Villa zu schlenderte und ihm freundlich zunickte, er wußte offensichtlich, wer er war.

"Können Sie mir sagen, was als nächstes gedreht wird? Kommt mir alles sehr kompliziert vor..."

"Wir drehen alle subjektiven Einstellungen des Hummer-Angriffs, die Menschen im Haus, die vergeblich versuchen, sich in Sicherheit zu bringen... alles andere wird im Trickstudio gemacht..."

"Klingt nach verdammt viel Technik..."

"Stimmt... von den Hauptdarstellern ist heute niemand am Set..."

Arved nickte dem jungen Mann zu, der gleich darauf in der Villa verschwand. Unschlüssig sah sich Arved um, ging zum Auto zurück, griff nach seinem Handy und wählte.

Martina saß an ihrem Schreibtisch im Krankenhaus, studierte eine Patientenakte und machte sich Notizen, als das Telefon klingelte. Sie klemmte sich den Hörer zwischen Hals und Schulter.

"Klinik Dr. Wilkens..."

"Martina? Tut mir leid wegen gestern nacht..."

"Ja..."

"Kannst du nicht reden?"

"Wir bereiten gerade einen Patienten zur Bestrahlung vor..."

"Oh... wenn du Lust hast, hole ich dich um eins ab, und wir fahren ein bißchen ins Grüne..."

"Machst du heute blau?"

"Bin beim Dreh von einem Abschlußfilm... danach gehe ich nicht mehr ins Büro..."

"Einverstanden, hol' mich ab... kann aber Viertel nach werden, wir haben noch eine Besprechung..."

Martina legte auf, Arved ließ das Handy sinken und atmete tief durch.

Das Ufer, das den Baggersee umgab, den Arved und Martina im Sommer oft aufsuchten, weil er leicht zu erreichen und unter der Woche nicht überlaufen war, hatte sich im Lauf der Jahrzehnte in ein grünes Biotop verwandelt.

Arved räkelte sich auf dem Badetuch und sah Martina entgegen, die gerade aus dem Wasser stieg und mit rollenden Bewegungen auf ihn zu kam. Sie hatte sich ihre schlanke, üppige Figur ohne großen Aufwand bewahrt, man wäre kaum auf die Idee gekommen, daß sie Mutter zweier erwachsener Töchter war, und in ihren schwarzen Locken kringelte sich nur ganz vereinzelt ein weißes Haar. Er dagegen kämpfte seit Jahren mit seinen Pfunden und war froh, sie mit seinem regelmäßigen Joggen zumindest in Schranken zu halten.

Martina schüttelte ihre nassen Haare über Arved aus, was er, wie sie genau wußte, nicht leiden konnte, griff nach einem Handtuch, trocknete sich flüchtig ab und streckte sich mit einem genußvollen Stöhnen neben ihm aus. Seit sie sich kennengelernt hatten, bewunderte Arved den scheinbar unverwüstlichen Pragmatismus seiner Frau. Als sich abzeichnete, daß sie zusammenbleiben und heiraten würden, stellte sie ihr Studium um, machte eine Ausbildung als MTA, arbeitete nach der Geburt der beiden Töchter nur noch halbtags und kümmerte sich mit Hingabe um die Kinder und die große Wohnung, die sie nach einigen entbehrungsreichen Jahren gekauft hatten. Sie liebte es, etwas mit ihren Händen zu tun, hing mit allen ihren Sinnen am Leben und ließ sich durch nichts aus dem Gleichgewicht bringen. Dennoch kam Arved nie so recht dahinter, ob sie glücklich oder wenigstens zufrieden war oder einfach nur akzeptierte, was das Schicksal ihr bot. Er hatte sie noch nie herzlich lachen gesehen, nur wenn sie etwas sehr intensiv betrieb oder eine freudige Nachricht erhielt, hatte er beobachtet, wie ein Leuchten in ihre dunklen Augen trat.

Arved selbst hatte nach seinem Germanistik-Studium an einem Theater hospitiert, aber bald gemerkt, daß ihn Film sehr viel mehr faszinierte. Als Dramaturg bei einer Filmproduktion kämpfte er sich durch Vorabendserien und wurde gelegentlich zu Spielfilmprojekten hinzugezogen, dann ging die Firma pleite. Dank seiner Beziehungen zu verschiedenen Fernsehanstalten ergatterte er sich einen Platz als Redakteur in der Spielfilmabteilung des Senders, der in seiner Stadt beheimatet war. Er erhoffte sich größeren Einfluß auf die Inhalte und schrieb heimlich selber Drehbücher, Dramen und Psychothriller, wie er sie aus dem Kino kannte, traute sich aber nie, sie irgendwo anzubieten. Diesem Einfluß verdankte die zweitgeborene Tochter ihren Namen, die sie, nachdem die Erstgeborene nach seiner Großmutter *Thelma* hieß, in einem Anflug von Übermut, *Louise* tauften, nach dem Film *Thelma & Louise*, der sie beide so beeindruck hatte. Zum Glück mußten die Mädchen nicht unter dieser Laune leiden, im Gegenteil, sie verstanden sich so blendend wie *Susan Sarandon* und *Geena Davis* im Film und inszenierten sich in ihrer Jugend auf manchen Parties zur Erheiterung der Gäste als Wiedergängerinnen des legendären Paars.

Arved rollte sich auf die Seite, stützte sich auf einen Ellbogen und schob die andere Hand auf Martinas Bauch.

"Ich weiß nicht, was gestern nacht in mich gefahren ist... war jedenfalls ziemlich beschissen..."

Ohne sich weiter zu rühren, legte Martina eine Hand auf seine, mit der anderen schützte sie ihre Augen vor der Sonne.

"Du bist in der letzten Zeit sehr launisch..."

"Ich fühle mich wie in einem Alptraum... es ist Nacht, und egal, wohin ich mich wende, durch alle Straßen fließt knöcheltief eine klebrige Masse... außer mir ist kein Mensch unterwegs..."

Martina hob den Kopf und spähte unter ihrem Arm hindurch nach ihrem Mann, dann ließ sie ihn wieder sinken.

"Du hast einen Beruf, um den dich viele beneiden, und du verdienst auch noch gut dabei..."

"Ja, aber diese Selbstgefälligkeit, dieses Suhlen im Mittelmaß, dieser Mangel an Emphase... jeder gibt sich mit dem erstbesten zufrieden, statt bis zum äußersten zu gehen..."

Arved zog seine Hand zurück und legte sich flach

auf den Rücken.

"Packt dich nicht auch manchmal die Wut auf die Menschen, die wie Lemminge in ihrem Alltagstrott gefangen sind und sich nie fragen, ob das alles ist, was sie sich vom Leben erhofften?"

"Was könnten sie sich denn erhoffen?"

"Mehr Intensität! Sich auf die wichtigen Dinge konzentrieren! Mit der Natur leben, nicht gegen sie! Eigene Wege gehen!"

Martina faßte sachte nach Arveds Hand.

"Mein armer Arved, was soll ich sagen? Ich bin nicht *April,* ich führe ein ganz normales Leben..."

April und *Frank Wheeler,* das junge Paar in <*Zeiten des Aufruhrs*>, gespielt von *Kate Winslet* und *Leonardo di Caprio*, das an seinem eigenen, zu hohen Anspruch zugrundegeht. Treffender hätte Martina sein Dilemma nicht beschreiben können.

"Verdammt, Martina, aber vielleicht bin ich *Frank...*"

Der Morgen danach verlief ereignislos, bis auf ein unangenehmes Gespräch mit einem Produzenten. Offenbar hatte man ihm von oben Zusagen gemacht, ohne Arved zu informieren. Mit sanftem Nachdruck erinnerte ihn Arved an die Schwächen im Drehbuch, die noch immer nicht behoben waren. Die Überarbeitung war jedoch im letzten Gespräch als Bedingung genannt worden für weitere Verhandlungen. Der

Produzent murmelte etwas Unverbindliches und legte auf. Arved lächelte, eine Schlacht gegen den Filz und das Mittelmaß hatte er gewonnen, doch gewann er auch den Krieg?

Der Uhrzeiger rückte auf Mittag, und schlagartig leerten sich die Büros. Arved drehte sich auf seinem Sessel zur Seite, bückte sich zu seiner Mappe hinunter, holte das Drehbuch heraus, das er in der Mittagspause lesen wollte, und suchte nach dem Sandwich, das er seit neuestem immer mitnahm, um den lähmenden Kantinengesprächen zu entgehen. Doch so sehr er auch stocherte, da war nichts, er schien vergessen zu haben, es einzupacken, und so blieb ihm nichts anderes übrig, als an der Theke ein belegtes Brot zu holen.

Geduldig stand er an, ließ seine Blicke über den Speisesaal schweifen, über all die Menschen, die er sattsam kannte, und blieb irritiert an einer Frau hängen, die nicht weit entfernt an einem Zweiertisch saß. Die Frau vom Sender kannte er, sie war von der Kulturredaktion, die andere war – Claire. Älter geworden wie er, aber alterslos geblieben. Die roten Haare ein bißchen heller, das Gesicht etwas weicher, aber genauso blaß wie er es kannte. Arved bezahlte sein Schinkensandwich und schlich sich in sein Büro zurück.

Als sich seine Sekretärin von der Mittagspause zurückmeldete, war Arved nicht über die fünfte Drehbuchseite hinausgekommen, immer wieder schweiften seine Gedanken zu Claire ab, in die er sich vor dreißig Jahren unsterblich und zugleich so unglücklich verliebt hatte. Es war nicht so, daß er sie aus seiner Erinnerung gelöscht hätte, immer wieder geisterte sie durch seine Gedanken, doch das dumpfe, angsteinflößende Gefühl, damals auf der ganzen Linie versagt zu haben, ohne genau sagen zu können, worin sein Versagen bestand, hatte ihn daran gehindert, sich mit dieser dunklen Episode seines Lebens näher auseinanderzusetzen. Auch Martina hatte er instinktiv nie von Claire erzählt. Erst jetzt, beim Anblick von Claire, kam vieles wieder hoch, ihr klarer, direkter Blick, der leicht mitleidig-nachsichtige Ausdruck ihres Gesichts, während sie sprach, der bei ihrem Gegenüber ungewollt, aber reflexartig das irritierende Empfinden auslöste, mit dem Niveau ihrer Konversation nicht mithalten zu können, dabei war in Claires zurückhaltender Art niemals auch nur ein Funken Arroganz spürbar gewesen. Aber genau diese Ambivalenz hatte auch Arved zu schaffen gemacht und die Befürchtung in ihm geweckt, nicht gut genug zu sein, eine Ahnung, die ihn seither nie ganz verlassen hatte. Wäre alles anders gekommen, wären sie zusammengeblieben? Hätte er sich mehr bemühen müssen, Claires Wesen zu ergründen, sie für sich zu gewinnen? Hätte er sich mehr zugetraut, mit ihr an seiner Seite? Arved legte das Drehbuch beiseite, gab im Computer Claires Namen ein und war überrascht über die vielen Einträge. Sie war offenbar Professorin für Kunstgeschichte an der hiesigen Universität und schon vor ein paar Jahren in die Stadt zurückgekehrt, in der er selbst lebte und in der sie sich kennengelernt hatten. War sie verheiratet? Hatte sie Kinder? Das Telefon klingelte, und Arved schreckte hoch aus seinen fiebrigen Gedanken. Er hob ab, lauschte zerstreut der Stimme seiner Sekretärin, die ihn mit einem Produzenten verbinden wollte, bat sie, ihn auf später zu vertrösten, und legte rasch wieder auf. Was sollte er tun? Einfach so weitermachen? Claire kontaktieren?

Arved schloß die Wohnungstür auf und hörte die muntere Stimme seiner jüngeren Tochter, Louise, die sich offenbar zu einem Spontanbesuch entschlossen hatte. Von ihrer Mutter hatte sie das südländische Aussehen und von ihm das rastlose Wesen, dazu besaß sie ein loses Mundwerk, das man nur noch gutwillig mit ihrer Jugend entschuldigen konnte. Thelma, die ältere Tochter, war dagegen blond wie ihr Vater und von der Art her nüchtern und diszipliniert wie ihre Mutter. Sie hatte gleich nach dem Studium geheiratet und war ihrem Mann in eine Kleinstadt gefolgt, wo er als Arzt im dortigen Krankenhaus arbeitete und sie selbst halbtags bei einer Bank, sodaß sie sich um das Baby kümmern konnte und das Haus, das sie gekauft hatten. Obwohl die beiden Töchter so gegensätzlich waren, hatten sie sich immer bestens verstanden, Thelma erlebte Abenteuer, auf die sie sich sonst nie eingelassen hätte, und Louise fand in ihrer Schwester einen sicheren Halt, wenn sie mal wieder am Boden war. In der Hauptstadt studierte sie halbherzig Romanistik und arbeitete nebenher in einer Werbeagentur, wo sie bereits mehrmals an großen Aufträgen mittexten durfte, doch sie befand sich noch immer im Pubertäts-Modus, wonach alles, was Erwachsene taten, einschläfernd, banal und kompromißlerisch war, und nach einer schlimmen Erfahrung mit einem Freund, der sie kaltherzig abservierte, hatte sie geschworen, auf ewig Single zu bleiben. Arved fand sich in ihr wieder, er verstand ihren Hang zum Absoluten, auch wenn er aus leidvoller Erfahrung wußte, daß mit dem Kopf durch die Wand keine Option war. Louises Mutter hingegen fand keinen Gefallen an den Flausen ihrer Jüngsten, sie konnte nicht begreifen, warum sie sich nicht ein Beispiel an ihrer älteren Schwester nahm, wo sie doch immer noch so eng verbunden waren.

Arved trat in die Küche und sah Louise, die lässig gegen den Ausguß lehnte und ihrer Mutter versonnen dabei zusah, wie sie am Backofen hantierte, dem der warme Duft eines Auflaufs entströmte. Louise drehte den Kopf, sah ihren Vater im Türrahmen stehen und fiel ihm heftig um den Hals.

"Du hättest mich ruhig abholen können, es ist eine verflucht öde Fahrt vom Flughafen hierher..."

Arved stieß seinen Zeigefinger in eine Schale mit Avocado-Crème, die auf der Anrichte bereitstand, und leckte ihn genüßlich ab.

"Ich wußte nicht, daß wir hohen Besuch erwarten, sonst wäre ich gar nicht erst ins Büro gegangen... gedenkst du, uns länger zu beehren?"

Louise machte einen Ausfallschritt, zog langsam das andere Bein nach und sah sich dabei selber zu.

"Weiß ich noch nicht, ich hatte einfach Sehnsucht nach Stallgeruch..."

Arved und Martina tauschten einen raschen Blick.

Louise sah auf und bekam gerade noch mit, wie die Eltern ihre Köpfe abwandten nach dem wortlosen Augenkontakt.

"Was ist? Kann ich nicht spontan auftauchen, ohne daß ihr euch Gedanken macht?"

Arved zog seine Tochter an sich und fuhr ihr besänftigend über die Haare.

"Du bist jederzeit willkommen, das weißt du..."

"Na gut, können wir dann endlich essen? Ich sterbe vor Hunger!"

Martina öffnete den Backofen und holte den Auflauf heraus, Teigwaren, Fenchel mit Schinken, das Lieblingsessen von Louise, und verteilte ihn auf drei Teller.

"Nimm den Brotkorb mit und die Avocado-Crème, wenn du willst, bevor dein Vater sie aufgegessen hat..."

Der Tisch war auf dem Balkon gedeckt. Arved nahm die Weinflasche in die Hand und wandte sich an Louise.

"Einen Schluck?"

Louise schüttelte den Kopf, und auch Martina lehnte ab. Arved stellte die Flasche wieder auf den Tisch, ohne sich selber einzuschenken. Arved und

Martina aßen mit gutem Appetit, Louise stocherte in ihrem Essen, lehnte sich in ihrem Stuhl zurück und brach unvermittelt in Tränen aus. Arved und Martina, nicht wirklich überrascht, legten ihr Besteck auf den Teller, und warteten erstmal ab. Arved faßte seine Tochter behutsam am Arm.

"Was ist denn, Louise, was quält dich so?"

Louise beugte sich vor, ohne ihre Eltern anzuschauen.

"Von Zeit zu Zeit überfällt mich eine Eiseskälte, die alles abtötet, was ich empfinde... wie jetzt... das kommt von innen... was von außen kommt, ist für mich nie ein Problem..."

Arved und Martina betrachten nachdenklich ihre Tochter, Arved stubste Louise leicht an.

"Und was willst du jetzt tun?"

"Morgen besuche ich meine Schwester..."

Martina sah erschrocken hoch.

"Findest du das eine gute Idee?"

"Thelma hat mich angerufen, sie schläft im Augenblick kaum wegen dem Baby... ein paar Tage kann ich sie entlasten..."

Louise stand auf und schob ihren Stuhl an den Tisch.

"Glaubt mir, solche Dinge kann ich..."

Arved faßte nach dem Arm seiner Tochter, den

sie ihm sachte entzog.

"Das Leben ist nicht das, was ihr glaubt... aber ich liebe euch..."

Louise ging um den Tisch herum und verschwand in ihrem Kinderzimmer, das ihre Eltern seit ihrem Auszug unverändert gelassen hatten, während das von Thelma schon länger als Gästezimmer diente.

Martina schob die Teller übereinander und wollte damit in die Küche gehen.

Arved erhob sich und stellte sich ihr in den Weg.

"Sag mir, was du denkst..."

"Sie muß endlich zur Besinnung kommen... du kannst sie nicht ewig beschützen..."

"Zum ersten Mal hat sie sich uns anvertraut... willst du nicht wissen, was mit ihr los ist?"

Martina packte das Geschirr und schob ihren Mann zur Seite.

"Louise muß kapieren, daß die Welt nicht auf sie wartet..."

Arved betrat sein Büro und sagte seiner Sekretärin, daß er für eine halbe Stunde nicht gestört werden wollte. Aus seiner Mappe entnahm er seinen privaten Laptop und stellte ihn auf den Tisch. Zwei Klicks weiter, und er war im Organigramm der hiesigen Universität. Claire... ihr Bild, ihre E-Mail-Adresse... Arved zögerte, dann schrieb er: <Habe dich in der

Kantine meines Senders gesehen... nach all der Zeit...>Arved hielt inne und schrieb dann entschlossen weiter. <Lust mich zu sehen?> Arved schaltete seinen Laptop wieder aus und verstaute ihn in seiner Mappe. Den ganzen Vormittag über funktionierte er perfekt in seiner Rolle als Redakteur.

In der Mittagspause, als alle in die Kantine entschwunden waren, holte er seinen Laptop wieder hervor. Ein leichtes Schwindelgefühl erfaßte ihn, als er ins Internet ging und sein Postfach abrief. Neben vielen geschäftlichen Mails stach ihm sofort eine private ins Auge, die von Claire. Er öffnete sie und las: <Wann? Wo? Sag mir Bescheid...> Arved schluckte, alles schien plötzlich wieder auf dem Prüfstand. <Mach einen Vorschlag...>

Das Café in der Innenstadt war hell und steril, die mit blauem und rosa Kunststoff bezogenen Sessel und Stühle standen um winzige Glastischchen herum. Claire saß ganz hinten in einer Ecke an einem Tisch, an dem nur noch für eine Person Platz war. Arved stieß die schwere Eingangstür auf, erspähte Claire mit einem einzigen Blick und ließ sich an ihrer Seite nieder. Ihr dunkles Parfüm wehte ihn an, und sein Atem stockte. Claire lächelte ihn an, mit diesem charakteristischen Blick, der auszudrücken schien, daß sie jedem seine Dummheit verzieh, jedenfalls empfand Arved es so.

"Du siehst mich wieder so an mit diesem gewissen Blick..."

"Lieber Arved... wie wär's mit einer netten Begrüßung?"

"Entschuldige... alte Reflexe..."

Arved knöpfte seine Jacke auf und rückte sich zurecht.

"Ich habe Tee bestellt, für uns beide..."

Claire schenkte Arved Tee ein. Arved sah zu Claire hinüber, bemerkte die winzigen Falten um ihren Mund und daß ihre Augen zwar genau so intensiv blickten, wie er es kannte, aber von einem Schleier verdunkelt, der Erinnerungen verbarg. Er ließ zwei Stück Zucker in seine Tasse gleiten und rührte bedächtig um.

"Du riechst so wie damals... es ist verwirrend..."

"Und du bist verheiratet und hast zwei Kinder..."

"Laß' mich raten... du hast drei..."

"Ich bin geschieden, ohne Kinder..."

Zum ersten Mal schauten sich Arved und Claire in die Augen.

"Keine Kinder?"

"Keine Kinder... und auch kein Bedauern..."

Arved senkte den Kopf und hob ihn dann wieder.

"Und dein Beruf füllt dich aus?"

Claire lächelte, aber nicht wie sonst, ein bißchen wehmütig.

"Oh ja...auch wenn Männer das nicht verstehen..."

"Alle Männer?"

"So viele Männer kenne ich nicht..."

Arved ließ den Kopf sinken und entdeckte zu seinem Verdruß einen Tomatenfleck auf seiner Hose.

"Claire, was ist damals auf Sardinien passiert?"

Claire lächelte wieder wie immer, wenn sie innerlich abschaltete.

"Ich verstehe deine Frage nicht..."

"Ich meine jene Nacht, die alles veränderte..."

Claire ließ sich gegen die Rücklehne ihrs Polstersessels fallen und sah Arved nicht an. Zum ersten Mal schien sie ein wenig aus der Fassung zu geraten.

"War ich zu grob gewesen? Hatte ich dich zu sehr bedrängt? Danach kam ich nicht mehr an dich heran..."

"Warum willst du das wissen? Es ist doch so lange her..."

"Ich frage dich das, weil mein Leben sonst möglicherweise eine andere Wendung genommen hätte..."

Claire hob den Kopf und sah Arved verwundert an

"Wie meinst du das?"

"Was wäre passiert, wenn wir zusammengeblieben wären?"

"Aber das sind wir nicht..."

Fast erschrocken stieß Claire das hervor.

"Und warum nicht?"

"Es gibt Dinge, an die man besser nicht rührt..."

"Zum Beispiel?"

Claire schüttelte unmerklich den Kopf.

"Du quälst mich, Arved..."

"Tut mir leid, das wollte ich nicht..."

Claire sah Arved ruhig an, forschend, aber ohne Ironie.

"Was willst du denn hören? Was treibt dich um?"

Arved schwieg und nahm zum ersten Mal einen Schluck von seinem Tee.

"Es bringt nur Unglück, mit der Vergangenheit zu hadern... oder mit den Eigenschaften und Gaben, die man auf seinen Lebensweg mitbekommen hat..."

"Ich hadere nicht..."

Arved hob kurz den Kopf und sah Claires Augen aufmerksam auf sich gerichtet.

"Seit unserer Trennung habe ich meinen Schwung verloren, und ich frage mich, warum..."

"Ach, und jetzt suchst du einen Sündenbock..."

Arved setzte heftig seine Tasse ab.

"Nein, eine Erklärung! Warum mich danach ständig Selbstzweifel plagten, bei allem, was ich tat! Warum ich bei dir immer das Gefühl hatte, alles falsch zu machen!"

Claire saß aufrecht da und sah still vor sich hin.

"Ich denke darüber nach..."

Arved saß zu Hause an seinem Schreibtisch und las in einem seiner Drehbücher, die er vor etlicher Zeit unter dem Pseudonym *Phil Leramow* geschrieben, aber nie angeboten hatte. INFIGHT spielte in den 80er-Jahren, als die Aids-Hysterie auf ihrem Höhepunkt war, und erzählte die Geschichte des desillusionierten Polizisten KOWIAK, der erfolglos den des Mordes verdächtigen Geschäftsmann und Boxmanager FROMBERG jagt. Als ein Video auftaucht, das FROMBERG beim Sex mit einem seiner Boxer zeigt, gibt FROMBERG lieber den Mord zu, den er nicht begangen hat, als in seinem Milieu als Homosexueller verhöhnt zu werden. KOWIAK, endlich am Ziel, läßt sich auf diesen Deal ein. Als er seine Freundin ALMA mit einem Verlobungsring überraschen will, findet er sie tot auf, als tragisches Opfer einer Verwechslung, ermordet von einem Aidskranken, der sich an allen Frauen rächte, von denen er glaubt, sie hätten ihn angesteckt. Um FROMBERG zur Strecke zu bringen, hatte KOWIAK diesen Fall an einen Kollegen abgegeben...

Leise klopfte es an der Tür, und gleich darauf stand Martina im Zimmer. Sie trug ein leichtes, ärmelloses Nachthemd, das sich über ihren Brüsten wölbte, die dichten schwarzen Haare hingen ihre lose über die Schultern.

"Bleibst du noch lange auf?"

Arved hob zerstreut den Kopf und starrte seine Frau an wie eine Erscheinung. In dem schummrigen Licht der Schreibtischlampe sah sie aus wie die verkörperte weibliche Verführung. Er spürte, wie sein Herz anfing zu pochen, und mußte an sich halten, um nicht aufzuspringen und sie in seine Arme zu reißen.

"Mein Gott, was für ein Anblick... aber ich muß dieses Drehbuch zu Ende lesen..."

Martina glitt geräuschlos herbei und beugte sich über Arveds Schulter.

"Ist es wenigstens spannend?"

Arved drehte unwillkürlich den Kopf und sah ihr in den Ausschnitt, er war sich sicher, daß sie es darauf angelegt hatte.

"Ein Drama im Boxer-Milieu, nicht halb so spannend wie das, was ich gerade sehe..."

Martina beugte sich noch tiefer zu ihrem Mann hinunter und küßte ihn auf den Mund.

"<Cherchez la femme>... alles andere ist unwichtig..."

Martina huschte hinaus und warf die Tür hinter

sich zu.

Verwirrt griff Arved nach seinem Script. So aufgedreht hatte er Martina schon lange nicht mehr erlebt. Hatte sie etwas mitbekommen von seinem Treffen mit Claire? Lag es an seinem Verhalten, wollte sie ihn herauslocken aus seinem dumpfen Brüten? Er vertiefte sich wieder in seine Geschichte und rang mit sich – sollte er nach all der Zeit tatsächlich einen Versuch mit einem Produzenten wagen? Der einzige, von dem er eine klare Meinung bekam und der auf seiner Wellenlänge lag, war Samuel Bronski. Falls er das Drehbuch in die Tonne trat, hatte *Phil Leramow* ausgedient, und seine Träume waren geplatzt. Sollte es ihm gefallen, stand Arved eine wundersame Metamorphose bevor – er mußte es riskieren. Er schrieb ein paar begleitende Zeilen (lobende Worte über den unbekannten Drehbuchautor...), schob das Manuskript in einen luftgepolsterten Umschlag, suchte die Adresse heraus und versenkte ihn mit einem flauen Gefühl im Magen in seiner Mappe. Dann setzte er die Kopfhörer auf, schob die *Rolling Stones* ins Abspielfach seines Computers und pumpte sich mit ihren alten Songs auf: *Play with Fire, Gimme Shelter, Paint it Black, Ruby Tuesday, Street Fighting Man, As Tears Go by...* Und im Hinterkopf die leise Beschwörung: Alles wird gut, alles wird gut, alles wird gut...

Martina wachte auf, als er kurz nach Mitternacht endlich zu ihr ins Bett schlüpfte, und drehte sich erwartungsvoll zu ihm herum. Arved schlang ungestüm die Arme um sie.

Der Morgen war noch kühl und frisch, als Arved in den Park einbog, um dort ein paar Runden zu drehen. Nur ein paar Frühaufsteher waren schon unterwegs und Hundebesitzer, die in großem Abstand zu ihren Lieblingen herumtrödelten in der Erwartung, daß sie endlich ihr Geschäft verrichteten, und sich dann schnell wegdrehten, wenn es soweit war, damit man nicht erriet, zu wem die Hunde gehörten.

Arved hatte sich einen Laufrhythmus angewöhnt, den er stundenlang durchhalten konnte, mit jedem Schritt und jedem Atemzug wurde sein Kopf freier, und wenn er dann aus der Dusche kam, fühlte er sich wie neugeboren. Auch jetzt fiel ihm das Laufen leicht, er ließ seine Gedanken fliegen und spürte nichts von den Zwängen, die ihn im Alltag sonst ständig lähmten, selbst der Boxermischling, erregt vom Spiel- und Jagdtrieb, der ihn seit einer Weile hechelnd verfolgte, von seiner Besitzerin laut aber vergeblich zurückgepfiffen, brachte ihn nicht um seine Gelassenheit.

Martina war schon auf dem Sprung, als er vom Joggen zurück kam, sie hatte ihm noch sein Frühstück vorbereitet. Sie steckte in einem leichten Sommerkostüm, das ihre Figur betonte, und schob ihre Hand unter sein schweißnasses T-Shirt.

"Schwitzen steht dir, wie ein Arbeiter, der von der Schicht nach Hause kommt..."

Arved hatte vergessen, daß heute eine Sondersitzung der Abteilungsleiter mit dem Fernsehdirektor stattfand, an der er als Vertreter seines Vorgesetzten teilnehmen mußte. Diese Versammlungen erinnerten ihn an die Zusammenkünfte orientalischer Clans, bei denen jeder Familienzweig mit Terror und Verleumdungen seine Macht zu konsolidieren oder auszubauen versuchte, nur daß hier der Angriff auf verkrustete Strukturen und vererbte Pfründen mit Schweigen, Intrigen und indignierter Ablehnung beantwortet wurde.

Der Fernsehdirektor, schmal, mit fahlem Gesicht und unübersehbaren Tränensäcken, eröffnete die Sitzung, sprach von der Bedeutung und Verantwortung des Fernsehjournalismus', lobte die Akzeptanz des Senders und mahnte an, ohne die verantwortlichen Redaktionen zu nennen, mehr von positiven Ereignissen aus der Region zu berichten, statt negativen Schlagzeilen hinterherzuhetzen, die Welt sei eh schon gespalten genug. Öffentliche Ermahnungen des Fernsehdirektors empfanden die Ressortleiter traditionell als Majestätsbeleidigung. Unruhige Blicke, Köpferücken und Gespräche mit vorgehaltener Hand waren die Folge, niemand meldete sich zu Wort. Dann sprach er von der Unterhaltung, die ausbaufähig sei, und hob die Kinofilme hervor, die, mit wenig Geld co-finanziert, gute Qoten erzielten. Arved sah zu seinem Chef hinüber, der unbeweglich nach vorne sah, und meldete sich zu Wort.

"Meinen Sie mit Erfolg die Zustimmung der Fernsehzuschauer oder die Zahlen an der Kinokasse, die ja in der Regel nicht so berauschend sind?"

Der Fernshehdirektor wendete mühsam den Blick in die Richtung, aus der die Wortmeldung kam.

"Für uns als regionaler Sender ist die Zustimmung unserer Zuschauer ausschlaggebend..."

"Machen Sie in der Erwartung der Zuschauer keinen Unterschied zwischen Fernseh- und Kinofilmen?"

Der Fernsehdirektor hatte endlich den Störenfried ausfindig gemacht und starrte Arved an wie einen Nestbeschmutzer.

"Die Welt ist aus den Fugen, und die Menschen erwarten Antworten, das ist alles, was ich dazu zu sagen habe..."

"Glauben Sie, daß das die Aufgabe von Fiktion sein kann?"

Arveds Vorgesetzter stupste Arved leicht an, hob die Hand an den Mund und flüsterte:

"Guter Vortrag, aber lassen Sie es jetzt gut sein..."

Der Fernsehdirektor starrte Arved wortlos an, straffte sich und blickte wieder über alle versammelten Mitarbeiter.

"Die Herausforderungen der Zeit müssen angenommen werden, und ich erwarte von jedem von Ihnen, mit Wissen und Gewissen damit umzugehen..."

Hastig standen die Versammelten auf und strebten eilig dem Ausgang zu, als der Fernsehdirektor noch einmal seine Stimmer erhob.

"Ach ja, und noch etwas... ich erhalte viele Beschwerden, daß die meisten Readakteure erst weit nach zehn erreichbar sind... bitte erinnern Sie Ihre Mitarbeiter daran, die vertraglich vereinbarten Arbeitszeiten einzuhalten..."

Bei den letzten Worten hatte sich der Konferenzraum bereits geleert. Aufgebracht wandte sich der Fernsehdirektor zu seinem Assistenten um, der hilflos mit den Schultern zuckte.

Auf dem Weg zum Büro rief Arved seine Nachrichten ab und blieb an der von Claire hängen. <Bin heute den ganzen Nachmittag zu Hause. Besuche mich, wenn du reden willst...> Darunter die Adresse. Arved zögerte nicht lange. <Bin schon unterwegs...> Er verständigte seine Sekretärin, daß er gleich zu den Dreharbeiten des Abschlußfilms fahren werde, und stieg in sein Auto.

Claire bewohnte in einer Neubausiedlung an der Stadtgrenze eine kleine Dachterrassenwohnung. Arved klingelte am Eingang und wurde sofort eingelassen. Oben öffnete Claire die Tür und ließ Arved mit einem Lächeln ein, das Vorsicht und Anspannung verriet. Die Möbel waren geschmackvoll, dunkel und alt, aber nicht in einem einheitlichen Stil. Zu Arveds Überraschung hingen an den Wänden nur Reproduktionen von Expressionisten, *Beckmann, Nolde, Mün-*

ter, Schmidt-Rottluff, Kirchner, ein *Munch* und *Edward Hoppers 'Gas'*, ein fast menschenleeres Gemälde in einer menschenleeren Wildnis, in dem nur der Tankwart an einer von drei Zapfsäulen zu sehen ist. Claire führte Arved auf ihre Terrasse mit Blick über einen begrünten Innenhof. Auf einem Tisch stand Teegeschirr und eine Platte mit Sandwiches. Claire schob die Stühle zurecht.

"Bitte nimm Platz... ich wußte nicht, ob du schon gegessen hast..."

Arved setzte sich, und Claire, schlank, fast dünn, wie er erst jetzt bemerkte, ließ sich neben ihm nieder. Sie trug ein blaues Kleid mit roten Kornblumen bedruckt, vom Stil her so, als sei seit ihrem Kennenlernen keine Zeit vergangen.

"Das ist doch verrückt... du siehst genauso attraktiv aus wie vor dreißig Jahren..."

Claire lächelte still in sich hinein, als ob sie solche Komplimente täglich hörte.

"Lieb von dir..."

Arved griff nach einem Lachssandwich und biß kräftig hinein.

"Entschuldige, ich habe wirklich Hunger... nach deiner Nachricht bin ich sofort losgefahren..."

Claire saß sehr gerade auf ihrem Stuhl und schenkte aus einer silbernen, fein ziselierten Kanne Tee ein.

"Ich habe nachgedacht, und ich glaube, du hast

Anrecht auf eine Antwort..."

Arved lehnte sich angestrengt zurück.

"Es ist nicht leicht für mich, über das zu sprechen, was zwischen uns geschehen ist... aber es muß wohl sein, auch wenn es sehr schmerzhaft für mich ist..."

Claire rührte in ihrer Teetasse und schob sie dann beiseite.

"Du hast gefragt, was du mir angetan hast... ob du zu grob warst... oder zu drängend..."

Arved legte sein Sandwich auf den Teller und nahm einen Schluck von seinem Tee.

"In Wirklichkeit habe ich nie mehr einen Mann erlebt, der behutsamer mit mir umgegangen ist als du... die bittere Wahrheit ist, daß mir das alles nichts bedeutet – Sex, Fortpflanzung, Familie... ich habe zwar noch geheiratet, aber nur, weil ich dachte, ich muß das doch irgendwie schaffen..."

Claire verbarg das Gesicht in ihren Händen, ein trockenes Schluchzen ließ ihre Schultern zucken.

"Eine Frau ohne Kinder, die Karriere macht, das empfinden die meisten Menschen noch immer als widernatürlich..."

Arved durchströmte ein Gefühl unendlicher Zärtlichkeit. Sein männlicher Stolz, seit Jahrzehnten von quälender Ungewißheit geplagt, verwandelte sich in spontanes Mitgefühl. Er beugte sich vor, faßte nach Claires Händen und zog sie sachte von ihrem Gesicht weg.

"Mein Gott, Claire... wer konnte das ahnen..."

Claire schüttelte unwillig den Kopf und entzog Arved ihre Hände. Arved rückte seinen Stuhl näher an sie heran.

"Vor Sardinien waren wir das perfekte Paar... jetzt, nach all den Jahren – können wir nicht einfach Freunde sein? Ich brauche dich, ich habe noch so viel vor..."

Claire hatte ihre Fassung wiedergewonnen und lächelte Arved so an wie früher.

"Und deine Frau und deine Kinder? Hast du dein Leben seit unserer Trennung in einer Warteschleife verbracht?"

Beinahe mitleidig sah sie Arved in die Augen.

"Mein lieber Arved, ich fürchte, du verknüpfst unsere Beziehung zu sehr mit deinen Ambitionen... außerdem - mein Beruf bedeutet mir alles, und bei meinem einzelgängerischen Wesen, an das ich mich mittlerweile gewöhnt habe, wäre kein Platz mehr für dich..."

Arved beobachtete auf einem weit entfernten Balkon, wie eine Frau heftig eine Bettdecke ausschüttelte und mit ihr wieder in der Wohnung verschwand.

"Und wenn wir uns einfach ab und zu mal sehen... nur um zu reden?"

"Ganz ehrlich, Arved, das halte ich für keine gute Idee..."

Arved stieg in sein Auto und fuhr weder zurück ins Büro noch nach Hause. Auf Nebenstraßen gelangte er aufs offene Land, bummelte an einem Fluß entlang, durchquerte einen kühlen Wald, schaltete das Telefon aus und das Radio ein. Er erkannte die ersten Klänge von *John Lennons <Working Class Hero>,* und obwohl er aufgrund seiner Herkunft und Ausbildung ganz sicher nicht gemeint war, ließ er sich dennoch genußvoll in trotziges Selbstmitleid fallen.

Zu Hause fand Arved in der Küche einen Zettel von Martina, daß sie ihn nicht erreicht habe, daß sie kurz eine kranke Freundin besuche und daß sein Abendessen im Kühlschrank sei.

In seinem Arbeitszimmer lag die Post fein säuberlich auf seinem Schreibtisch, ganz unten ein Päckchen, das von der Größe her ein Drehbuch sein konnte. Arved riß es auf und hielt sein eigenes Script in der Hand, zusammen mit einem handschriftlichen Kommentar, Bronski war ein schneller Leser.

<Lieber Arved, in aller Kürze - wo hast du bloß diesen Wunderknaben ausgegraben? INFIGHT ist ein hartes, raffiniert konstruiertes Drama mit lebendigem, direkten Zugriff auf Personen und Handlung. Düstere, von schmutzigem Neonlicht getränkte film noir-Atmosphäre, mit Leonardo di Caprio und Jennifer Lawrence demnächst als Blockbuster im Kino. Im Ernst, warum rätst du deinem Schützling nicht, nach Amerika auszuwandern? Meine Anagramm-

App hat sein Pseudonym entschlüsselt – Phil Lera-mow = Phil(ip) Marlowe (!) - er sieht sich offensichtlich selbst schon dort! Hierzulande hat dieses Projekt keine Chance, du kennst ja die Bedenkenträger im Fernsehen und in den Förderungen zur Genüge, sie wollen brave, für jedermann verständliche 'Themenfilme' als Lebenshilfe, keine heißen Scripts, die von ihren politisch korrekten 'Experten' sofort auf Kinderfilm-Niveau niedergebügelt würden. In diesem Sinne, sei herzlich gegrüßt, Samuel.>

Arved ließ das Blatt sinken, steckte es zwischen die Seiten seines Drehbuchs und ging in die Küche, ohne die übrige Post aufzumachen. Im Kühlschrank fand er einen Teller mit Putenschnitzel, Zuckerschoten und Bratkartoffeln. Er wärmte alles auf und aß mit grimmigem Appetit. Es wurde also nichts mit seiner raketenhaften Drehbuch-Karriere, und Claire hatte ihn eiskalt abserviert. Was blieb übrig von seinen jahrelang schlaflosen Nächten und seinen Selbstzweifeln, die ihn mürbe gemacht hatten und resigniert? Arved wartete auf den Keulenschlag, der ihn niederschmettern würde, stattdessen fühlte er sich immer leichter, wie eine Schneeflocke, die von einem launigen Wind für eine Weile durch die Luft gewirbelt wird, bevor sie zu Boden sinkt und mit all den anderen einen weißen Teppich bildet. Das Leben ging weiter, es gab keine Antworten. Er stand auf und räumte das schmutzige Geschirr in den Geschirrspüler.

Arved lag schon im Bett und las in *Flauberts <Madame Bovary>*, als Martina nach Hause kam.

"Was, du bist schon Im Bett?"

Sie hing ihre Kostümjacke in den Schrank und sah auf das Buch, das Arved in den Händen hielt.

"Liest du kein Drehbuch? Ich dachte, ich hätte eines in der Post gesehen..."

Arved sah seiner geschäftigen Frau zu und mußte lächeln. Während er das Leben nur aushielt, indem er nach einem höheren Sinn suchte, nach etwas Großem, Erhabenen, das sich über das armselige Gewusel der Menschen erhob, hatte sie keine Probleme mit den Banalitäten des Alltags, im Gegenteil, die immergleichen Verrichtungen forderten sie täglich heraus, jeder Gegenstand, den sie in die Hand nahm, um damit erfolgreich etwas zu gestalten, gab ihr Kraft, und auch wenn sie oft seine Launen nervten, wußte sie doch, daß sie sich jederzeit auf ihn verlassen konnte, sie war, im Gegensatz zu ihm, vollkommen im Diesseits verankert. Oder war er sich all dessen zu gewiß?

"Ich lese mal wieder ein richtiges Buch... wie war's bei deiner Freundin?"

"Ach, du kennst doch Kathrin... jedes kleine Wehwechen wirft sie um... sie wollte nur ein bißchen reden..."

"Was ist mit Louise? Hat sie sich gemeldet?"

"Nein, aber Thelma hat mir eine Mail geschickt...

sie ist sehr froh, ihre Schwester bei sich zu haben..."

Martina griff nach einem frischen Handtuch, roch daran und prüfte, ob es weich genug war.

"Ich dusche nur schnell, dann komme ich auch ins Bett..."

Arved hörte es in der Dusche rauschen, dann wurde das Wasser energisch abgedreht, wenig später schlüpfte Martina wohlriechend und in einem leichten Nachthemd zu ihm ins Bett.

"Wie schön das ist nach einem heißen Sommertag..."

Arved ließ das Buch sinken und sah sie sinnend an.

"Weißt du was? Ich habe mir etwas überlegt..."

Martina drehte sich überrascht zu ihm um.

"Ach ja? Da bin ich ja mal gespannt..."

"Ich habe dir doch von meinem Onkel erzählt, er war früher mal auf Sardinien und hat damals eine kleine, zauberhafte Bucht entdeckt..."

"Und?"

"Ich habe mir neulich die Bilder im Internet angeschaut, sie hat sich sehr verändert, aber sie ist immer noch nicht zugebaut... es ist zwar sündteuer, aber warum fahren wir diesen Herbst nicht dorthin?"

Martina richtete sich auf und sah Arved mißtrauisch an.

"Arved, was willst du mir damit sagen?"

Martina mit ihrem untrüglichen Instinkt!

"Gar nichts, warum fragst du? Nur weil ich für einmal nicht muffig zu dir bin?"

"Nein, weil du in diesem Herbst eine Auszeit nehmen wolltest..."

"Ach das. Du meinst meine Schreib-Klausur, die kann ich auch mal irgendwann im Winter nachholen..."

Martina streckte sich aus, räkelte sich umständlich zurecht und zog die leichte Sommerdecke über sich.

Arved legte das Buch beiseite und löschte das Licht.

Martina bettete ihren Kopf an Arveds Schulter, ihre Stimme klang schläfrig.

"Morgen sehen wir uns zusammen die Fotos an..."

Zeitfracht Medien GmbH
Ferdinand-Jühlke-Straße 7
99095 Erfurt, Deutschland
produktsicherheit@kolibri360.de